壬辰年夏知津堂據
明正統十二年司禮
監刻本影印

（宋）朱熹撰

詩集傳

黃山書社

圖書在版編目（CIP）數據

詩集傳 /（宋）朱熹撰 . — 影印本 . — 合肥 : 黃山書社 , 2012.7

ISBN 978-7-5461-2936-5

Ⅰ . ①詩… Ⅱ . ①朱… Ⅲ . ①《詩經》—注釋 Ⅳ . ① I222.2

中國版本圖書館 CIP 數據核字 (2012) 第 160298 號

ISBN 978-7-5461-2936-5

9 787546 129365 >

明正統十二年司禮監刻本 詩集傳

策　　劃／任耕耘

責任編輯／湯吟菲

責任印制／李曉明

出版發行／黃山書社

社　　址／合肥市政務文化新區翡翠路一一一八號出版傳媒廣場

印　　刷／揚州文津閣古籍印務有限公司

經　　銷／新華書店

開　　本／七〇〇×一六〇〇毫米　八開

印　　張／一五三・七五

版　　次／二〇一二年八月第一版第一次印刷

標準書號／ISBN 978-7-5461-2936-5

定　　價／貳仟捌佰圓（全六册）

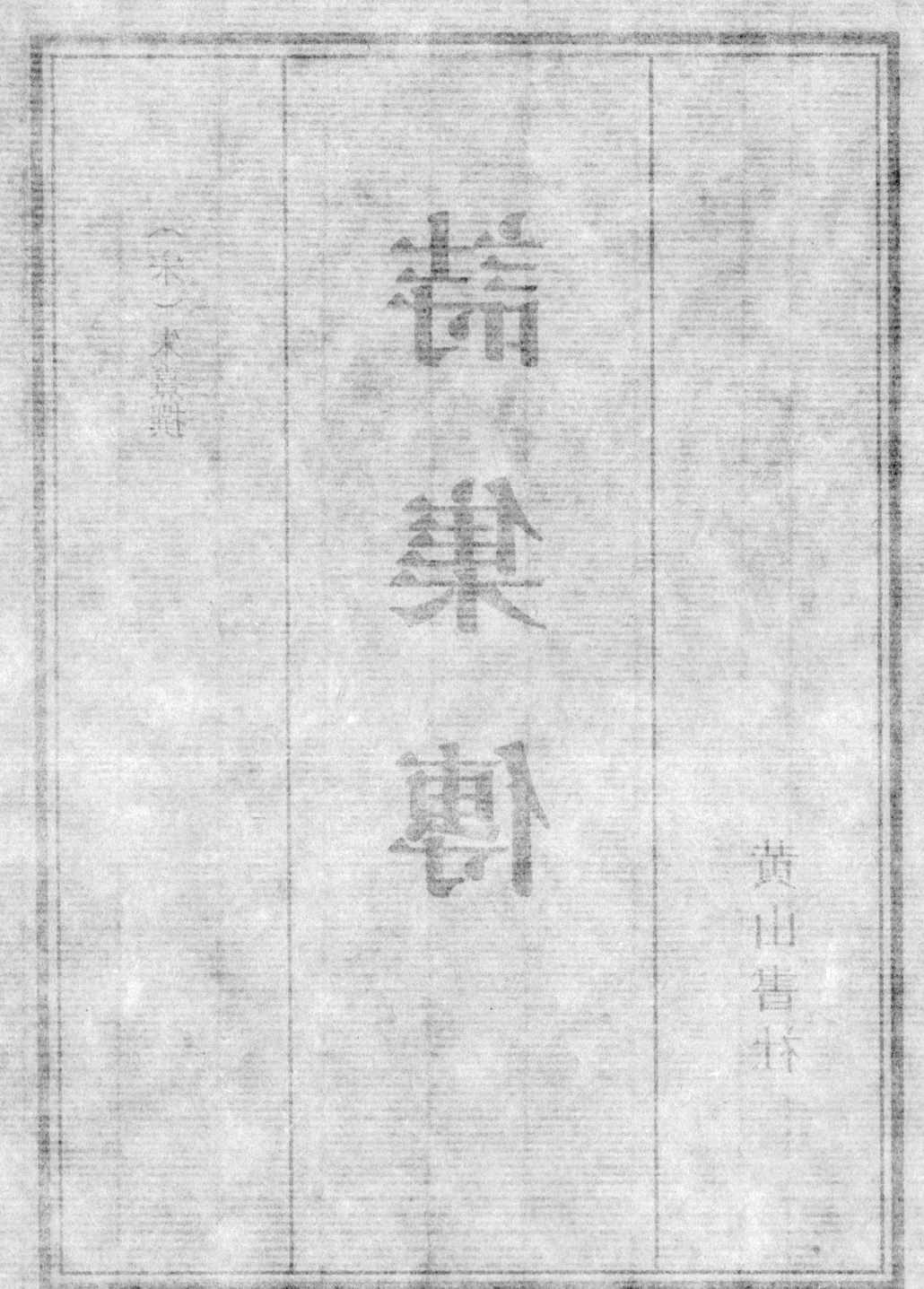

詩傳序

或有問於余曰詩何爲而作也余應之曰人生而靜天之性也感於物而動性之欲也夫既有欲矣則不能無思既有思矣則不能無言既有言矣則言之所不能盡而發於咨嗟咏歎之餘者必有自然之音響節族而不能已焉此詩之所以作也曰然則其

所以教者何也曰詩者人心之感物而形於言之餘也心之所感有邪正故言之所形有是非惟聖人在上則其所感者無不正而其言皆足以爲教其或感之之雜而所發不能無可擇者則上之人必思所以自反而因有以勸懲之是亦所以爲教也昔周盛時上自郊廟朝廷而下達於鄉黨

閭巷其言粹然無不出於正者聖人固已協之聲律而用之鄉人用之邦國以化天下至於列國之詩則天子巡守亦必陳而觀之以行黜陟之典降自昭穆而後寖以陵夷至於東遷而遂廢不講矣孔子生於其時既不得位無以行帝王勸懲黜陟之政於是特舉其籍而討論之去其重複正

其紛亂而其善之不足以爲法惡之不足以爲戒者則亦刋而去之以從簡約示久遠使夫學者即是而有以考其得失善者師之而惡者改焉是以其政雖不足行於一時而其教實被於萬世是則詩之所以爲教者然也曰然則國風雅頌之體其不同若是何也曰吾聞之凡詩之所謂風者

多出於里巷歌謡之作所謂男女相與詠歌各言其情者也惟周南召南親被文王之化以成德而人皆有以得其性情之正故其發於言者樂而不過於淫哀而不及於傷是以二篇獨爲風詩之正經自邶而下則其國之治亂不同人之賢否亦異其所感而發者有邪正是非之不齊而所謂先王之風者於此焉變矣若夫雅頌之篇則皆成周之世朝廷郊廟樂歌之詞其語和而莊其義寬而密其作者往往聖人之徒固所以爲萬世法程而不可易者也至於雅之變者亦皆一時賢人君子閔時病俗之所爲而聖人取之其忠厚惻怛之心陳善閑邪之意尤非後世能言之士所能

及之。此詩之爲經。所以人事浹於下。天道備於上。而無一理之不具也。曰。然則其學之也當奈何。曰。本之二南以求其端。參之列國以盡其變。正之於雅以大其規。和之於頌以要其止。此學詩之大旨也。於是乎章句以綱之。訓詁以紀之。諷詠以昌之。涵濡以體之。察之情性隱微之間。審之言行樞機之始。則脩身及家平均天下之道。其亦不待他求而得之於此矣。問者唯唯而退。余時方輯詩傳。因悉次是語以冠其篇云。淳熙四年丁酉冬十月戊子新安朱熹書

詩序

朱氏辨說

詩序之作。說者不同。或以爲孔子。或以爲子夏。或以爲國史。皆無明文可考。唯後漢書儒林傳以爲衛宏作毛詩序。今傳於世。則序乃宏作明矣。然鄭氏又以爲諸序本自合爲一編。毛公始分以寘諸篇之首。則是毛公之前。其傳已久。宏特增廣而潤色之耳。故近世諸儒多以序之首句爲毛公所分。而其下推說云云者爲後人所益。理或有之。但今考其首句。則已有不得詩人之本意而肆爲妄說者矣。況沿襲云云之誤哉。然計其初。猶必自謂出於臆度之私。非經本文。故且自爲一編。別附經後。又以

尚有齊魯韓氏之說並傳於世。故讀者亦有以知其出於後人之手。不盡信也。及至毛公引以入經。乃不綴篇後而超冠篇端。不爲注文而直作經字。不爲疑辭而遂爲決辭。其後三家之傳又絕。而毛說孤行。則其牴牾之迹無復可見。故此序者遂若詩人先所命題。而詩文反爲因序以作。於是讀者傳相尊信。無敢擬議。至於有所不通。則必爲之委曲遷就。穿鑿而附合之。寧使經之本文繚戾破碎不成文理。而終不忍明以小序爲出於漢儒也。愚之病此久矣。然猶以其所從來也遠。其間容或真有傳授證驗而不可廢者。故既頗采以附傳中。而復并爲一編以還其舊。因以論其得失云

大序

詩者志之所之也在心爲志發言爲詩○情動於中而形於言言之不足故嗟歎之嗟歎之不足故永歌之永歌之不足不知手之舞之足之蹈之也○情發於聲聲成文謂之音治世之音安以樂其政和亂世之音怨以怒其政乖亡國之音哀以思其民困故正得失動天地感鬼神莫近於詩○先王以是經夫婦成孝敬厚人倫美教化移風俗○故詩有六義焉一曰風二曰賦三曰比四曰興五曰雅六曰頌○上以風化下下以風刺上主文而譎諫言之者無罪聞之者足以戒故曰風○至于王道衰禮義廢政教失國異政家殊俗而變風變雅

大序

詩者志之所之也在心為志發言為詩○情動於中而形於言言之不足故嗟歎之嗟歎之不足故永歌之永歌之不足不知手之舞之足之蹈之也○情發於聲聲成文謂之音治世之音安以樂其政和亂世之音怨以怒其政乖亡國之音哀以思其民困故正得失動天地感鬼神莫近於詩○先王以是經夫婦成孝敬厚人倫美教化移風俗○故詩有六義焉一曰風二曰賦三曰比四曰興五曰雅六曰頌○上以風化下下以風刺上主文而譎諫言之者無罪聞之者足以戒故曰風○至于王道衰禮義廢政教失國異政家殊俗而變風變雅作

作矣○國史明乎得失之迹傷人倫之廢哀刑政之苛吟詠情性以風其上達於事變而懷其舊俗者也○故變風發乎情止乎禮義發乎情民之性也止乎禮義先王之澤也○是以一國之事繫一人之本謂之風言天下之事形四方之風謂之雅雅者正也言王政之所由廢興也政有小大故有小雅焉有大雅焉頌者美盛德之形容以其成功告於神明者也是謂四始詩之至也說見綱領

小序

周南

關雎后妃之德也

后妃文王之妃太姒也天子之妃曰后近世諸儒多辨文王未嘗稱王則太姒亦未嘗稱后序者蓋追稱之亦未害也但其詩雖若專美太姒而實以深見文王之德序

者徒見其詞而不察其意遂壹以后妃爲主而不復知有文王是固已失之矣至於化行國中三分天下亦皆以爲后妃之所致則是禮樂征伐皆出於婦人之手而文王者徒擁虛器以爲寄生之君也其失甚矣惟南豐曾氏之言曰先王之政必自內始故其閨門之治所以施之家人者必爲之師傅保姆之助詩書圖史之戒珩璜琚瑀之節威儀動作之度其教之者有此具然古之君子未嘗不以身化也故家人之義歸於反身二南之業本於文王豈自外至哉世皆知文王之所以興能得內助而不知其所以然者蓋本於文王之躬化故內則后妃有關雎之行外則羣臣有二南之美與之相成其推而及遠則商辛之昏俗江漢之小國兔罝之野人莫不好善而不自知此所謂身脩故國家天下治者也竊謂此說庶幾得之

釋音 姆莫侯反珩下庚反璜胡光反琚紀余反瑀于矩反

風之始也

所謂關雎之亂以爲風始是也蓋謂國風篇章之始亦風化之所由始也

所以風天下而正夫婦也故用之鄉人焉用之邦國焉

說見二南總論邦國謂諸侯之國明非獨天子用之也

風風也教也風以動之教以化之

承上文解風字之義。以象言則曰風。以事言則曰教。

然則關雎麟趾之化。王者之風。故繫之周公。南言化自北而南也。鵲巢騶虞之德。諸侯之風也。先王之所以教。故繫之召公

說見二南卷首。關雎麟趾言化者。化之所自出也。鵲巢騶虞言德者。被化而成德也。以其被化而後成德。故又曰先王之所以教。先王即文王也。舊說以爲太王王季。誤矣。程子曰。周南召南如乾坤。乾統坤。坤承乾也。

周南召南。正始之道。王化之基

王者之道。始於家。終於天下。而二南正家之事也。王者之化。必至於法度彰禮樂著雅頌之聲作。然後可以言成。然無其始則亦何所因而立哉。基者。堂宇之所因而立者也。程子曰。有關雎麟趾之意。然後可以行周官之法度。其爲是歟

是以關雎樂得淑女以配君子。憂在進賢。不淫其色。哀窈窕。思賢才。而無傷善之心焉。是關雎之義也

按論語孔子嘗言關雎樂而不淫。哀而不傷。蓋淫者樂之過。傷者哀之過。獨爲是詩

者得其性情之正。是以哀樂中節而不至於過耳。而序者乃析哀樂淫傷各爲一事而不相須。則已失其旨矣。至於傷爲傷善之心。則又大失其旨而全無文理也。或曰。先儒多以周道衰詩人本諸衽席而關雎作。故楊雄以周康之時關雎作爲傷始亂。杜欽亦曰。佩玉晏鳴。關雎歎之。說者以爲古者后夫人鷄鳴佩玉去君所。周康后不然。故詩人歎而傷之。此魯詩說也。與毛異矣。但以哀而不傷之意推之。恐其有此理也。曰。此不可知矣。但儀禮以關雎爲鄉樂又爲房中之樂。則是周公制作之時已有此詩矣。若如魯說。則儀禮不得爲周公之書。儀禮不爲周公之書。則周之盛時乃無鄉射燕飲房中之樂。而必有待乎後世之刺詩也。其不然也明矣。且爲人子孫。乃無故而播其先祖之失於天下。如此而尚可以爲風化之首乎

【音釋】朱子分出大序。而別留小序。愚謂自后妃至用之邦國。下接是以關雎樂得淑女。是關雎正序。風。風也。風以動之。教以化之。是國風序。關雎麟趾至王化之基。是二南序。

○葛覃。后妃之本也。后妃在父母家。則志在於女功之事。躬儉節用。服澣濯之衣。尊敬師傅。則可以歸安父母。化天下以婦道也

此詩之序。首尾皆是。但其所謂在父母家者一句爲未安。蓋若謂未嫁之時。即詩中

不應遠以歸寧父母爲言。况未嫁之時。自當服勤女功。不足稱述以爲盛美。若謂歸寧之時。即詩中先言刈葛而後言歸寧。亦不相合。且不常爲之於平居之日。而暫爲之於歸寧之時。亦豈所謂庸行之謹哉。序之淺拙。大率類此。

○卷耳。后妃之志也。又當輔佐君子。求賢審官。知臣下之勤勞。內有進賢之志。而無險詖私謁之心。朝夕思念。至於憂勤也。

此詩之序。首句得之。餘皆傅會之鑿說。后妃雖知臣下之勤勞而憂之。然曰嗟我懷人。則其言親暱。非后妃之所得施於使臣者矣。且首章之我。獨爲后妃。而後章之我。皆爲使臣。首尾衡決。不相承應。亦非文字之體也。

○樛木。后妃逮下也。言能逮下而無嫉妬之心焉。

此序稍平。後不註者放此。

○螽斯。后妃子孫衆多也。言若螽斯不妬忌。則子孫衆多也。

螽斯聚處和一。而卵育蕃多。故以爲不妬忌則子孫衆多之比。序者不達此詩之體。

故遂以不妒忌者歸之螽斯。其亦誤矣。

○桃夭，后妃之所致也。不妒忌，則男女以正。婚姻以時。國無鰥民也。

序首句非是。其所謂男女以正。婚姻以時。國無鰥民者得之。蓋此以下諸詩皆言文王風化之盛。由家及國之事。而序者失之。皆以為后妃之所致。既非所以正男女之位。而於此詩又專以為不妒忌之功。則其意愈狹而說愈疎矣。

○兔罝，后妃之化也。關雎之化行。則莫不好德，賢人衆多也。

此序首句非是。而所謂莫不好德賢人衆多者得之。

○芣苢，后妃之美也。和平則婦人樂有子矣。

○漢廣，德廣所及也。文王之道被于南國。美化行乎江漢之域。無思犯禮。求而不可得也。

此詩以篇內有漢之廣矣一句得名。而序者謬誤。乃以德廣所及為言。失之遠矣。然其下文復得詩意。而所謂文王之化者。尤可以正前篇之誤。先儒嘗謂序非出於一

人之手者此其一驗但首句未必是下文未必非耳蘇氏乃例取首句而去其下文

則於此類兩失之矣

○汝墳道化行也文王之化行乎汝墳之國婦人能閔其君子猶勉之以正也

○麟之趾關雎之應也關雎之化行則天下無犯非禮雖衰世之公子皆信厚如麟趾之時也之時二字可刪

召南

鵲巢夫人之德也國君積行累功以致爵位夫人起家而居有之德如鳲鳩乃可以配焉

文王之時關雎之化行於閨門之內而諸侯蒙化以成德者其道亦始於家人故其夫人之德如是而諸人美之也不言所美之人者世遠而不可知也後皆放此

○采蘩夫人不失職也夫人可以奉祭祀則不失職矣

○草蟲大夫妻能以禮自防也

此恐亦是夫人之詩而未見以禮自防之意

○采蘋大夫妻能循法度也能循法度則可以承先祖共祭祀矣

○甘棠美召伯也召伯之教明於南國

○行露召伯聽訟也衰亂之俗微貞信之教興彊暴之男不能侵陵貞女也

○羔羊鵲巢之功致也召南之國化文王之政在位皆節儉正直德如羔羊也

此序得之但德如羔羊一句為衍說耳

○殷其雷勸以義也召南之大夫遠行從政不遑寧處其室家能閔其勤勞勸以義也

按此詩無勸以義之意

○摽有梅男女及時也召南之國被文王之化男女得以及時也

此序末句未安

○小星惠及下也夫人無妬忌之行惠及賤妾進御於君知其命有貴賤能盡其心矣

○江有汜美媵也勤而無怨嫡能悔過也文王之時江沱之閒有嫡不以其媵備數媵遇勞而無怨嫡亦自悔也

詩中未見勤勞無怨之意

○野有死麕惡無禮也天下大亂彊暴相陵遂成淫風被文王之化雖當亂世猶惡無禮也

此序得之但所謂無禮者言淫亂之非禮耳不謂無聘幣之禮也

○何彼穠矣。美王姬也。雖則王姬亦下嫁於諸侯。車服不繫其夫。下王后一等。猶執婦道以成肅雝之德也。

此詩時世不可知。其說已見本篇。但序云雖則王姬亦下嫁於諸侯。說者多笑其陋。然此但讀爲兩句之失耳。若讀此十字合爲一句而對下文車服不繫其夫下王后一等爲義。則序者之意亦自明白。蓋曰王姬雖嫁於諸侯。然其車服制度與它國之夫人不同。所以甚言其貴盛之極。而猶不敢挾貴以驕其夫家也。但立文不善。終費

詞說耳。鄭氏曰。下王后一等。謂車乘厭翟。勒面繢總。服則褕翟。然則公侯夫人翟茀者。其翟車貝面組總有幄也歟。【音釋】厭。於涉反。勒。力德反。馬頭絡。繢。戶對反。總。作動反。茀。方勿反。蔽也。凡言翟者。謂翟鳥之羽以爲兩旁之蔽。厭翟者。次其羽使相迫以厭其本。勒面。謂如玉龍勒之韋爲當面飾也。蓋龍髦也。王之馬以白黑飾韋雜色爲勒。此王后之馬則不以飾勒而以雜色韋爲勒。馬當面飾也。凡言總者謂以總爲車馬之飾。若婦人之總。亦既繫其本又垂爲飾也。繢。畫文也。以繒爲總着馬勒直兩耳與兩鑣。其於車之衡輨亦宜有之。褕翟。陳祥道禮書。王姬亦褕狄。特雉數與侯伯之夫人異耳。謂翟車貝面組總有幄者。翟車。以翟羽飾車之側而不厭貝。貝。水物。謂以貝

文飾勒之當面。組總。以組爲總而施如厭。翟。此翟車無蓋。而施幄於上。褕。音遙。轄。古緌反。轂端鐵。

○騶虞。鵲巢之應也。鵲巢之化行。人倫既正。朝廷既治。天下純被文王之化。則庶類蕃殖。蒐田以時。仁如騶虞。則王道成也。

此序得詩之大指。然語意亦不分明。楊氏曰。二南正始之道。王化之基。蓋一體也。王者諸侯之風相須以爲治。諸侯所以代其終也。故召南之終至於仁如騶虞。然後王

道成焉。夫王道之成。非諸侯之事也。然非諸侯有騶虞之德。亦何以見王道之成哉。歐陽公曰。賈誼新書曰。騶者。文王之囿名。虞者。囿之司獸也。陳氏曰。禮記射義云。天子以騶虞爲節。樂官備也。則其爲虞官明矣。獵以騶虞爲主。其實歎文王之仁而不斥言也。此與舊說不同。今存於此。

【音釋】朱子語錄。騶虞看來只可解做獸名。以于嗟麟兮類之。可見。若解做騶虞之官。終無意思。

邶

柏舟。言仁而不遇也。衛頃公之時。仁人不遇。小人在側。

詩之文意事類、可以思而得。其時世名氏、則不可以强而推。故凡小序、唯詩文明白直指其事、如甘棠定中南山株林之屬。若證驗的切見於書史、如載馳碩人清人黃鳥之類。決爲可無疑者。其次則詞旨大槩可知必爲某事。而不可知其的爲某時某人者、尚多有之。若爲小序者。姑以其意推尋探索、依約而言。則雖有所不知。亦不害其爲不自欺。雖有未當。人亦當恕其所不及。今乃不然。不知其時者。必强以爲某王某公之時。不知其人者。必强以爲某甲某乙之事。於是傅會書史。依託名謚。鑿空妄語。以誑後人。其所以然者。特以恥其有所不知。而惟恐人之不見信而已。且如栢舟。不知其出於婦人而以爲男子。不知其不得於夫而以爲不遇於君。此則失矣。然有所不及而不自欺。則亦未至於大害理也。今乃斷然以爲衛頃公之時。則其故爲欺罔以誤後人之罪不可揜矣。蓋其偶見此詩冠於三衛變風之首。是以求之春秋之前。而史記所書莊桓以上衛之諸君事皆無可考者。謚亦無甚惡者。獨頃公有賂王請命之事。其謚又爲甄心動懼之名。如漢諸侯王必其嘗以罪謫。然後加以此謚。以是意其必有棄賢用佞之失。而遂以此詩予之。若將以衒其多知。而必於取信。不知將有明者從旁觀之。則適所以暴其真不知而啓其深不信也。凡小序之失以此推之。什得八九矣。又其爲說必使詩無一篇不爲美刺時君國政而作。固已不切於情性之自然。而又拘於時世之先後。其或書傳所載當此之時偶無賢君美謚。則雖有

辭之美者亦例以爲陳古而刺今是使讀者疑於當時之人絶無善則稱君過則稱己之意一不得志則拒脫切齒嘻笑吟語以懟其上者所在而成群是其輕躁險薄尤有害於温柔敦厚之教故予不可以不辨

【音釋】頃去營反强其兩反定丁佞反傳音附讒神至反斷都亂反冠古玩反甄之人反積也衒音眩拒於革反懟徒對直類二反怨也

○緑衣衛莊姜傷己也妾上僭夫人失位而作是詩也

此詩下至終風四篇序皆以爲莊姜之詩今姑從之然唯燕燕一篇詩文畧可據耳

○燕燕衛莊姜送歸妾也

遠送于南一句可爲送戴嬀之驗

○日月衛莊姜傷己也遭州吁之難傷己不見答於先君以至困窮之詩也

此詩序以爲莊姜之作今未有以見其不然但謂遭州吁之難而作則未然耳蓋詩言寧不我顧猶有望之之意又言德音無良亦非宜所施於前人者明是莊公在時所作其篇次亦當在燕燕之前也

○終風衛莊姜傷已也遭州吁之暴見侮慢而不能正也

詳味此詩有夫婦之情無母子之意若果莊姜之詩則亦當在莊公之世而列於燕燕之前序說誤矣

○擊鼓怨州吁也衛州吁用兵暴亂使公孫文仲將而平陳與宋國人怨其勇而無禮也

春秋隱公四年宋衛陳蔡伐鄭正州吁自立之時也序蓋據詩文平陳與宋而引此為說恐或然也然傳記魯衆仲之言曰州吁阻兵而安忍阻兵無衆安忍無親衆叛親離難以濟矣夫兵猶火也弗戢將自焚也夫州吁弒其君而虐用其民於是乎不務令德而欲以亂成必不免矣按州吁簒弒之賊此序但譏其勇而無禮固為淺陋而衆仲之言亦止於此蓋君臣之義不明於天下久矣春秋其得不作乎

○凱風美孝子也衛之淫風流行雖有七子之母猶不能安其室故美七子能盡其孝道以慰其母心而成其志爾

以孟子之說證之序說亦是但此乃七子自責之辭非美七子之作也

○雄雉刺衛宣公也淫亂不恤國事軍旅數起大夫久役男女怨曠國人患之而作是詩

序所謂大夫久役男女怨曠者得之但未有以見其爲宣公之時與淫亂不恤國事之意耳兼此詩亦婦人作非國人之所爲也

○匏有苦葉刺衛宣公也公與夫人並爲淫亂

未有以見其爲刺宣公夫人之詩

○谷風刺夫婦失道也衛人化其上淫於新昏而棄其舊室夫婦離絕國俗傷敗焉

亦未有以見化其上之意

○式微黎侯寓于衛其臣勸以歸也

詩中無黎侯字未詳是否下篇同

○旄丘責衛伯也狄人迫逐黎侯
黎侯寓於衛衛不能脩方伯連率
之職黎之臣子以責於衛也
序見詩有伯兮二字而以爲責衛伯之詞誤矣○陳氏曰說者以此爲宣公之詩然宣公之後百餘年衛穆公之時晉滅赤狄潞氏數之以其奪黎氏地然則此其穆公之詩乎不可得而知也

○簡兮刺不用賢也衛之賢者仕
於伶官皆可以承事王者也

此序畧得詩意詞不足以達之

○泉水衛女思歸也嫁於諸侯父
母終思歸寧而不得故作是詩以
自見也

○北門刺仕不得志也言衛之忠
臣不得其志爾

○北風刺虐也衛國並爲威虐百
姓不親莫不相攜持而去焉

[illegible]

衛以淫亂亡國未聞其有威虐之政如序所云者此恐非是

○靜女刺時也衛君無道夫人無德

此序全然不似詩意

○新臺刺衛宣公也納伋之妻作新臺于河上而要之國人惡之而作是詩也

○二子乘舟思伋壽也衛宣公之二子爭相爲死國人傷而思之作是詩也

二詩說已各見本篇

鄘

栢舟共姜自誓也衛世子共伯蚤死其妻守義父母欲奪而嫁之誓而弗許故作是詩以絕之

此事無所見於它書序者或有所傳今姑從之

○墻有茨衛人刺其上也公子頑通乎君母國人疾之而不可道也

○君子偕老刺衛夫人也夫人淫亂失事君子之道故陳人君之德服飾之盛宜與君子偕老也

公子頑事見春秋傳但此詩所以作亦未可考鶉之奔奔放此

○桑中刺奔也衛之公室淫亂男女相奔至於世族在位相竊妻妾

期於幽遠政散民流而不可止

此詩乃淫奔者所自作序之首句以為刺奔誤矣其下云云者乃復得之樂記之說已畧見本篇矣而或者以為刺詩之體固有鋪陳其事不加一辭而閔惜懲創之意自見於言外者此類是也豈必譙讓質責然後為刺也哉此說不然夫詩之為刺固有不加一辭而意自見者清人猗嗟之屬是已然嘗試玩之則其賦之之人猶在所賦之外而詞意之間猶有賓主之分也豈有將欲刺人之惡乃反自為彼人之言以陷其身於所刺之中而不自知也哉其必不然也明矣又況此等之人安於為惡其於此等之詩計其平日固已自其口出而無慚矣又何待吾之鋪陳而後始知其所

為之如此。亦豈畏吾之閔惜而遂幡然遽有懲創之心耶。以是為刺。不惟無益。殆恐不免於鼓之舞之而反以勸其惡也。或者又曰。詩三百篇皆雅樂也。祭祀朝聘之所用也。桑間濮上之音。鄭衛之樂也。世俗之所用也。雅鄭不同部。其來尚矣。且夫子答顔淵之問。於鄭聲亟欲放而絕之。豈其刪詩乃錄淫奔者之詞而使之合奏於雅樂之中乎。亦不然也。雅者二雅是也。鄭者緇衣以下二十一篇是也。衛者邶鄘衛三十九篇是也。桑間衛之一篇桑中之詩是也。二南雅頌祭祀朝聘之所用也。鄭衛桑濮里巷狎邪之所歌也。夫子之於鄭衛。蓋深絕其聲於樂以為法。而嚴立其詞於詩以為戒。如聖人固不語亂。而春秋所記無非亂臣賊子之事。蓋不如是無以見當時風俗事變之實而垂鑒戒於後世。固不得已而存之。所謂道並行而不相悖者也。今不察此。乃欲為之諱其鄭衛桑濮之實。而文之以雅樂之名。又欲從而奏之宗廟之中朝廷之上。則未知其將以薦之何等之鬼神。用之何等之賓客。而於聖人為邦之法又豈不為陽守而陰叛之耶。其亦誤矣。曰。然則大序所謂止乎禮義。夫子所謂思無邪者。又何謂耶。曰。大序指柏舟綠衣泉水竹竿之屬而言。以為多出於此耳。非謂篇篇皆然。而桑中之類亦止乎禮義也。夫子之言。正為其有邪正美惡之雜。故特言此以明其皆可以懲惡勸善而使人得其性情之正耳。非以桑中之類亦以無邪之思作之也。曰。荀卿所謂詩者中聲之所止。太史公亦謂三百篇者。夫子皆弦歌之。以求

合於韶武之音何邪曰荀卿之言固爲正經而發。若史遷之說則恐亦未足爲據也。
豈有哇淫之曲而可以强合於韶武之音也耶

○鶉之奔奔刺衛宣姜也。衛人以爲宣姜鶉鵲之不若也

見上

○定之方中美衛文公也。衛爲狄所滅東徙渡河野處漕邑齊桓公攘戎狄而封之。文公徙居楚丘。始建城市而營宮室。得其時制。百姓說之國家殷富焉

○蝃蝀止奔也。衛文公能以道化其民。淫奔之恥。國人不齒也

○相鼠刺無禮也。衛文公能正其羣臣而刺在位承先君之化無禮儀也

○干旄美好善也。衛文公臣子多

好善賢者樂告以善道也

定之方中一篇經文明白故序得以不誤蝃蝀以下亦因其在此而以爲文公之詩耳它未有考也

○載馳許穆夫人作也閔其宗國顛覆自傷不能救也衛懿公爲狄人所滅國人分散露於漕邑許穆夫人閔衛之亡傷許之小力不能救思歸唁其兄又義不得故賦是詩也

此人經明白而序不誤者又有春秋傳可證

衛

淇奧美武公之德也有文章又能聽其規諫以禮自防故能入相于周美而作是詩也

此序疑得之

○考槃刺莊公也不能繼先公之

業使賢者退而窮處

此爲美賢者窮處而能安其樂之詩。文意甚明。然詩文未有見棄於君之意。則亦不得爲刺莊公矣。序蓋失之。而未有害於義也。至於鄭氏遂有誓不忘君之惡。誓不過君之朝。誓不告君以善之說。則其害義又有甚焉。於是程子易其訓詁。以爲陳其不能忘君之意。陳其不得過君之朝。陳其不得告君以善。則其意忠厚而和平矣。然未知鄭氏之失生於序文之誤。若但直據詩詞。則與其君初不相涉也

○碩人。閔莊姜也。莊公惑於嬖妾。使驕上僭。莊姜賢而不答。終以無子。國人閔而憂之

此序據春秋傳得之

○氓。刺時也。宣公之時。禮義消亡。淫風大行。男女無別。遂相奔誘。華落色衰。復相棄背。或乃困而自悔。喪其妃耦。故序其事以風焉。美反正。刺淫泆也

此非刺詩。宣公未有考。故序其事以下亦非是。其曰美反正者。尤無理

○竹竿衛女思歸也適異國而不見答思而能以禮者也

未見不見答之意

○芄蘭刺惠公也驕而無禮大夫刺之

此詩不可考當闕

○河廣宋襄公母歸於衛思而不止故作是詩也

○伯兮刺時也言君子行役爲王前驅過時而不反焉

舊說以詩有爲王前驅之文遂以此爲春秋所書從王伐鄭之事然詩又言自伯之東則鄭在衛西不得爲此行矣序言爲王前驅蓋用詩文然似未識其文意也

○有狐刺時也衛之男女失時喪其妃耦焉古者國有凶荒則殺禮而多昏會男女之無夫家者所以育人民也

男女失時之句未安其曰殺禮多昏者周禮大司徒以荒政十有二聚萬民十曰多昏者是也序者之意蓋曰衛於此時不能舉此之政耳然亦非詩之正意也長樂劉氏曰夫婦之禮雖不可不謹於其始然民有細微貧弱者或困於凶荒必待禮而後昏則男女之失時者多無室家之養聖人傷之寧邦典之或違而不忍失其婚嫁之時也故有荒政多昏之禮所以使之相依以爲生而又以育人民也詩不云乎愷悌君子民之父母苟無子育兆庶之心其能若此哉此則周禮之意也

○木瓜美齊桓公也衛國有狄人之敗出處于漕齊桓公救而封之遺之車馬器服焉衛人思之欲厚報之而作是詩也

說見本篇

王

黍離閔宗周也周大夫行役至于宗周過故宗廟宫室盡爲禾黍閔周室之顛覆傍徨不忍去而作是詩也

○君子于役，刺平王也。君子行役無期度。大夫思其危難以風焉。

此國人行役而室家念之之辭。序說誤矣。其曰刺平王，亦未有考。

○君子陽陽，閔周也。君子遭亂，相招爲祿仕，全身遠害而已。

說同上篇。

○揚之水，刺平王也。不撫其民而遠屯戍于母家，周人怨思焉。

○中谷有蓷，閔周也。夫婦日以衰薄，凶年饑饉，室家相棄爾。

○兔爰，閔周也。桓王失信，諸侯背叛，構怨連禍，王師傷敗，君子不樂其生焉。

君子不樂其生一句得之，餘皆衍說。其指桓王，蓋據春秋傳鄭伯不朝，王以諸侯伐鄭，鄭伯禦之，王卒大敗，祝聃射王中肩之事。然未有以見此詩之爲是而作也。

音釋

射，音石。中，竹仲反。

○葛藟。王族刺平王也。周室道衰。棄其九族焉

序說未有據。詩意亦不類。說已見本篇

○采葛。懼讒也

此淫奔之詩。其篇與大車相屬。其事與采唐采葑采麥相似。其詞與鄭子衿正同。序說誤矣

○大車。刺周大夫也。禮義陵遲。男女淫奔。故陳古以刺今大夫不能聽男女之訟焉

非刺大夫之詩。乃畏大夫之詩

○丘中有麻。思賢也。莊王不明。賢人放逐。國人思之。而作是詩也

此亦淫奔者之詞。其篇上屬大車。而語意不莊。非望賢之意。序亦誤矣

鄭

緇衣。美武公也。父子並爲周司徒。善於其職。國人宜之。故美其德以

甲治兵以出于田。國人說而歸之

國人之心貳於叔而歌其田狩適野之事初非以刺莊公。亦非說其出于田而後歸之也。或曰。叚以國君貴弟。受封大邑。有人民兵甲之衆。不得出居閭巷下雜民傳此詩恐亦民間男女相說之詞耳

○大叔于田。刺莊公也。叔多才而好勇。不義而得衆也

此詩與上篇意同。非刺莊公也。下兩句得之

○清人。刺文公也。高克好利而不

明有國善善之功焉

此未有據。今姑從之

○將仲子。刺莊公也。不勝其母以害其弟。弟叔失道而公弗制。祭仲諫而公弗聽。小不忍以致大亂焉

事見春秋傳。然莆田鄭氏謂此實淫奔之詩。無與於莊公叔段之事。序蓋失之。而說者又從而巧爲之說以實其事。誤益甚矣。今從其說

○叔于田。刺莊公也。叔處于京。繕

顧其君。文公惡而欲遠之不能使高克將兵而禦狄于竟陳其師旅。翱翔河上久而不召衆散而歸高克奔陳公子素惡高克進之不以禮文公退之不以道危國亡師之本故作是詩也

按此序蓋本春秋傳而以己說廣之。未詳所據孔氏正義又據序文而以是詩爲公子素之作然則進之當作之進今文誤也

○羔裘刺朝也言古之君子以風其朝焉

序以變風不應有美故以此爲言古以刺今之詩今詳詩意恐未必然且當時鄭之大夫如子皮子產之徒豈無可以當此詩者但今不可考耳

○遵大路思君子也莊公失道君子去之國人思望焉

此亦淫亂之詩序說誤矣

○女曰鷄鳴刺不說德也陳古義

以刺今不說德而好色也

此亦未有以見其陳古刺今之意

○有女同車，刺忽也。鄭人刺忽之不昏于齊。太子忽嘗有功于齊，齊侯請妻之，齊女賢而不取，卒以無大國之助，至於見逐，故國人刺之。

按春秋傳，齊侯欲以文姜妻鄭太子忽，忽辭。人問其故，忽曰：人各有耦，齊大，非吾耦也。詩曰：自求多福。在我而已，大國何為？其後北戎侵齊，鄭伯使忽帥師救之，敗戎師。齊侯又請妻之，忽曰：無事於齊，吾猶不敢；今以君命奔齊之急，而授室以歸，是以師昏也，民其謂我何？遂辭諸鄭伯。祭仲謂忽曰：君多内寵，子無大援，將不立。忽又不聽。及即位，遂為祭仲所逐。此序文所據以為說者也。然以今考之，此詩未必為忽而作。序者但見孟姜二字，遂指以為齊女，而附之於忽耳。假如其說，則忽之辭昏未為不正而可刺；至其失國，則又特以勢孤援寡，不能自定，亦未有可刺之罪也。序乃以為國人作詩以刺之，其亦誤矣。後之讀者又襲其誤，必欲鍜鍊羅織，文致其罪而不肯赦，徒欲以徇說詩者之謬，而不知其失是非之正，害義理之公，以亂聖經之本指，而壞學者之心術，故予不可以不辯。

○山有扶蘇刺忽也所美非美然

此下四詩及揚之水皆男女戲謔之詞序之者不得其說而例以爲刺忽殊無情理

○蘀兮刺忽也君弱臣彊不倡而和也

見上

○狡童刺忽也不能與賢人圖事權臣擅命也

昭公嘗爲鄭國之君而不幸失國非有大惡使其民疾之如寇讎也況方刺其不能與賢人圖事權臣擅命則是公猶在位也豈可忘其君臣之分而遽以狡童目之耶且昭公之爲人柔懦踈闊不可謂狡即位之時年已壯大不可謂童以是名之殊不相似而序於山有扶蘇所謂狡童者方指昭公之所美至於此篇則遂移以指公之身焉則其舛又甚而非詩之本指明矣大抵序者之於鄭詩凡不得其說者則舉而歸之於忽文義一失而其害於義理有不可勝言者一則使昭公無辜而被謗二則使詩人脫其淫謔之實罪而麗於訕上悖理之虛惡三則厚誣聖人刪述之意以爲實賤昭公之守正而深與詩人之無禮於其君凡此皆非小失而後之說者猶或主之其論愈精其害愈甚學者不可以不察也

○褰裳思見正也狂童恣行國人思大國之正己也

此序之失蓋本於子太叔韓宣子之言而不察其斷章取義之意耳

○丰刺亂也昏姻之道缺陽倡而陰不和男行而女不隨

此淫奔之詩序說誤矣

○東門之墠刺亂也男女有不待禮而相奔者也

此序得之

○風雨思君子也亂世則思君子不改其度焉

序意甚美然考詩之詞輕佻狎暱非思賢之意也

【音釋】佻他凋反

○子衿刺學校廢也亂世則學校不脩焉

疑同上篇蓋其辭意儇薄施之學校尤不相似也

○揚之水閔無臣也君子閔忽之

無忠臣良士終以死亡。而作是詩也

此男女要結之詞。序說誤矣

○出其東門閔亂也。公子五爭。兵革不息。男女相棄。民人思保其室家焉

五爭事見春秋傳。然非此之謂也。此乃惡淫奔者之詞。序誤

○野有蔓草思遇時也。君之澤不下流。民窮於兵革。男女失時。思不期而會焉

東萊呂氏曰。君之澤不下流。迺講師見零露之語從而附益之

○溱洧刺亂也。兵革不息。男女相棄。淫風大行。莫之能救焉

鄭俗淫亂。乃其風聲氣習流傳已久。不爲兵革不息男女相棄而後然也

齊

雞鳴思賢妃也。哀公荒淫怠慢。故

陳賢妃貞女夙夜警戒相成之道焉

此序得之但哀公未有所考豈亦以謚惡而得之歟

○還刺荒也哀公好田獵從禽獸而無厭國人化之遂成風俗習於田獵謂之賢閑於馳逐謂之好焉

同上

○著刺時也時不親迎也

○東方之日刺衰也君臣失道男女淫奔不能以禮化也

此男女淫奔者所自作非有刺也其曰君臣失道者尤無所謂

○東方未明刺無節也朝廷興居無節號令不時挈壺氏不能掌其職焉

夏官挈壺氏下士六人挈縣挈之名壺盛水器蓋置壺浮箭以爲晝夜之節也漏刻不明固可以見其無政然所以興居無節號令不時則未必皆挈壺氏之罪也

○南山刺襄公也。鳥獸之行，淫乎其妹，大夫遇是惡，作詩而去之。

此序據春秋經傳為文，說見本篇。

○甫田大夫刺襄公也。無禮義而求大功，不脩德而求諸侯，志大心勞，所以求者非其道也。

未見其為襄公之詩。

○盧令刺荒也。襄公好田獵畢弋

而不脩民事，百姓苦之，故陳古以風焉。

義與還同，序說非是。

○敝笱刺文姜也。齊人惡魯桓公微弱，不能防閑文姜，使至淫亂，為二國患焉。

桓當作莊。

○載驅齊人刺襄公也。無禮義故

盛其車服疾驅於通道大都與文姜淫播其惡於萬民焉

此亦刺文姜之詩

○猗嗟刺魯莊公也齊人傷魯莊公有威儀技藝然而不能以禮防閑其母失子之道人以為齊侯之子焉

此序得之

魏

葛屨刺褊也魏地陿隘其民機巧趨利其君儉嗇褊急而無德以將之

○汾沮洳刺儉也其君儉以能勤刺不得禮也

此未必為其君而作崔靈恩集註其君作君子義雖稍通然未必序者之本意也

○園有桃刺時也大夫憂其君國

小而迫而儉以嗇不能用其民而無德教日以侵削故作是詩也

國小而迫日以侵削者得之餘非是

○陟岵孝子行役思念父母也國迫而數侵削役乎大國父母兄弟離散而作是詩也

○十畝之間刺時也言其國削小民無所居焉

國削則其民隨之序文殊無理其說已見本篇矣

○伐檀刺貪也在位貪鄙無功而受祿君子不得進仕爾

此詩專美君子之不素餐序言刺貪失其指矣

○碩鼠刺重斂也國人刺其君重斂蠶食於民不脩其政貪而畏人若大鼠也

此亦託於碩鼠以刺其有司之辭未必直以碩鼠比其君也

唐

蟋蟀刺晉僖公也儉不中禮故作是詩以閔之欲其及時以禮自虞樂也此晉也而謂之唐本其風俗憂深思遠儉而用禮乃有堯之遺風焉

河東地瘠民貧風俗勤儉乃其風土氣習有以使之至今猶然則在三代之時可知矣序所謂儉不中禮固當有之但所謂刺僖公者盖特以謚得之而所謂欲其及時

以禮自娛樂者又與詩意正相反耳況古今風俗之變常必由儉以入奢而其變之漸又必由上以及下今謂君之儉反過於初而民之俗猶知用禮則尤恐其無是理也獨其憂深思遠有堯之遺風者為得之然其所以不謂之晉而謂之唐者又初不為此也

○山有樞刺晉昭公也不能脩道以正其國有財不能用有鐘鼓不能以自樂有朝廷不能洒掃政荒民散將以危亡四隣謀取其國家

而不知國人作詩以刺之也

此詩蓋以答蟋蟀之意而寬其憂非臣子所得施於君父者序說大誤

○揚之水刺晉昭公也昭公分國以封沃沃盛彊昭公微弱國人將叛而歸沃焉

詩文明白序說不誤

○椒聊刺晉昭公也君子見沃之盛彊能脩其政知其蕃衍盛大子孫將有晉國焉

此詩未見其必爲沃而作也

○綢繆刺晉亂也國亂則昏姻不得其時焉

此但爲昏姻者相得而喜之詞未必爲刺晉國之亂也

○杕杜刺時也君不能親其宗族骨肉離散獨居而無兄弟將爲沃所并爾

此乃人無兄弟而自歎之詞。未必如序之說也。況曲沃實晉之同姓。其服屬又未遠乎

○羔裘。刺時也。晉人刺其在位不恤其民也

詩中未見此意

○鴇羽。刺時也。昭公之後。大亂五世。君子下從征役。不得養其父母而作是詩也

序意得之。但其時世則未可知耳 音釋 春秋昭七年。潘父弒昭公。子孝侯平立。一世也。八年。曲沃莊伯弒孝侯。子鄂侯郄立。二世也。六年。王命虢公伐曲沃。立鄂侯之子光。是爲哀侯。三世也。九年。武公虜哀侯而立其子爲小子侯。四世也。四年。武公殺之。天子立哀侯弟緡爲晉侯。五世也

○無衣。美晉武公也。武公始并晉國。其大夫爲之請命乎天子之使而作是詩也

序以史記爲文。詳見本篇。但此詩若非武公自作以述其賂王請命之意。則詩人所

作以著其事而陰刺之耳。序乃以為美之。失其旨矣。且武公弑君簒國，大逆不道，乃王法之所必誅而不赦者。雖曰尚知王命之重而能請之以自安，是亦禦人於白晝大都之中，而自知其罪之甚重，則分薄贓餌貪吏以求私有其重寶而免於刑戮，是乃猾賊之尤耳。以是為美，吾恐其獎姦誨盜，而非所以為教也。小序之陋固多，然其顛倒順逆，亂倫悖理，未有如此之甚者。故予特深辨之，以正人心，以誅賊黨，意庶幾乎大序所謂正得失者，而因以自附於春秋之義云

○有杕之杜，刺晉武公也。武公寡特，兼其宗族，而不求賢以自輔焉。

○葛生，刺晉獻公也。好攻戰，則國人多喪矣。

此序全非詩意。

○采苓，刺晉獻公也。獻公好聽讒焉。

獻公固喜攻戰而好讒佞，然未見此二詩之果作於其時也。

秦

車鄰，美秦仲也。秦仲始大，有車馬

禮樂侍御之好焉未見其必爲秦仲之詩大率秦風唯黃鳥渭陽爲有據其他諸詩皆不可考

○駟驖美襄公也始命有田狩之事園囿之樂焉

○小戎美襄公也備其兵甲以討西戎西戎方彊而征伐不休國人則矜其車甲婦人能閔其君子焉此詩時世未必然而義則得之說見本篇

○蒹葭刺襄公也未能用周禮將無以固其國焉此詩未詳所謂然序說之鑿則必不然矣

○終南戒襄公也能取周地始爲諸侯受顯服大夫美之故作是詩以戒勸之

○黃鳥哀三良也國人刺穆公以人從死而作是詩也

此序最爲有據

○晨風，刺康公也。忘穆公之業，始棄其賢臣焉。

此婦人念其君子之辭。序說誤矣

○無衣，刺用兵也。秦人刺其君好攻戰，亟用兵而不與民同欲焉。

序意與詩情不協。說已見本篇矣

○渭陽，康公念母也。康公之母，晉獻公之女。文公遭麗姬之難未反，而秦姬卒。穆公納文公，康公時爲太子，贈送文公于渭之陽，念母之不見也。我見舅氏，如母存焉。及其即位，思而作是詩也。

此序得之。但我見舅氏如母存焉兩句，若爲康公之辭者，其情哀矣。然無所繫屬，不成文理。蓋此以下又別一手所爲也。及其即位而作是詩，蓋亦但見首句云康公而下云時爲太子，故生此說。其淺暗拘滯，大率如此。

○權輿刺康公也忘先君之舊臣與賢者有始而無終也

陳

宛丘刺幽公也淫荒昏亂游蕩無度焉

陳國小無事實幽公但以謚惡故得遊蕩無度之詩未敢信也

○東門之枌疾亂也幽公淫荒風化之所行男女棄其舊業亟會於道路歌舞於市井爾

同上

○衡門誘僖公也愿而無立志故作是詩以誘掖其君也

僖者小心畏忌之名故以爲愿無立志而配以此詩不知其爲賢者自樂而無求之意也

○東門之池刺時也疾其君之淫昏而思賢女以配君子也

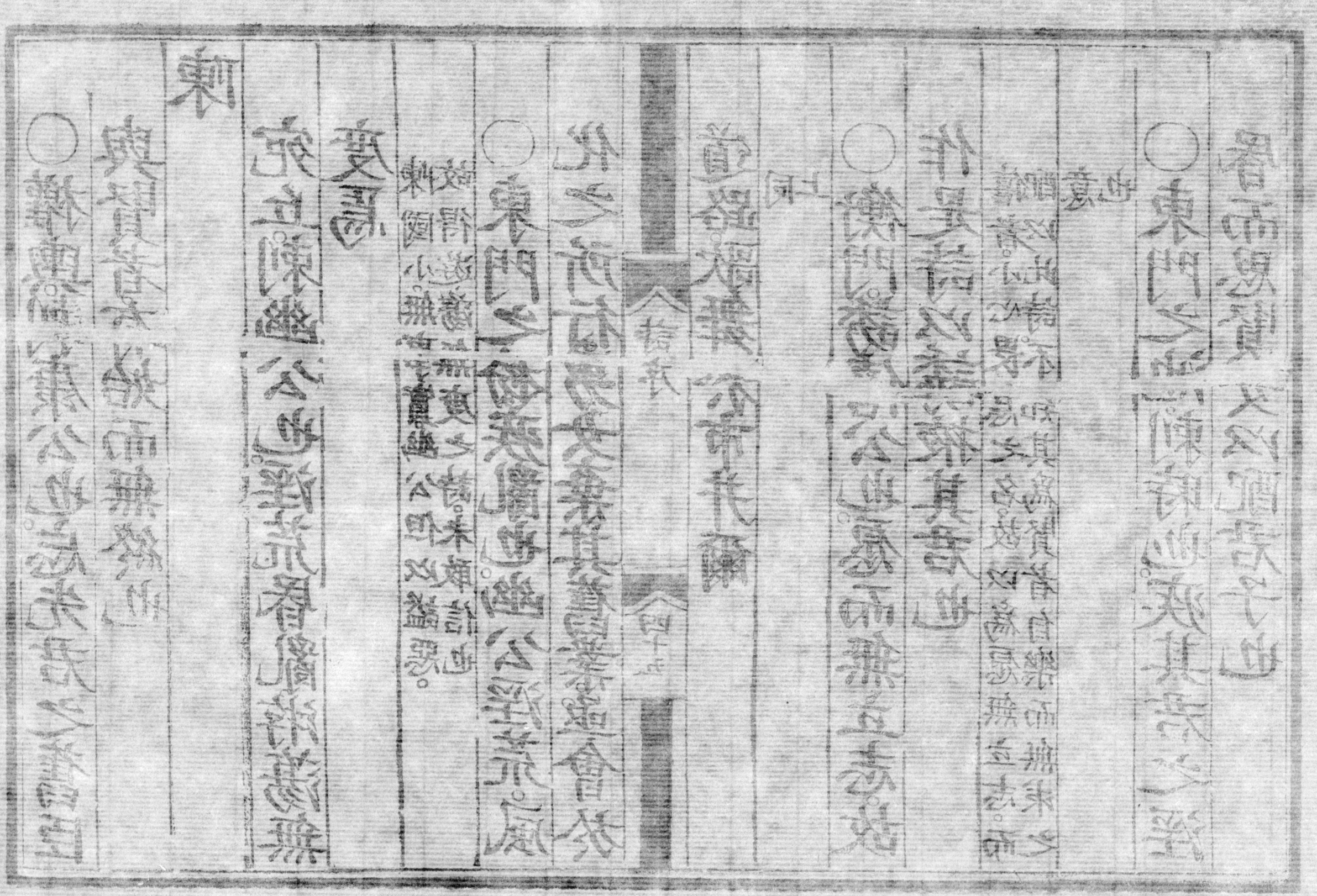

此淫奔之詩。序說蓋誤

○東門之楊，刺時也。昏姻失時，男女多違，親迎女猶有不至者也。

同上

○墓門，刺陳佗也。陳佗無良師傅，以至於不義，惡加於萬民焉。

陳國君臣事無可紀。獨陳佗以亂賊被討，見書於春秋。故以無良之詩與之。序之作大抵類此。不知其信然否也

○防有鵲巢，憂讒賊也。宣公多信讒，君子憂懼焉。

此非刺其君之詩

○月出，刺好色也。在位不好德而說美色焉。

此不得為刺詩

○株林，刺靈公也。淫乎夏姬，驅馳而往，朝夕不休息焉。

（陳風獨此篇爲有據）

○澤陂，刺時也。言靈公君臣淫於其國，男女相說，憂思感傷焉。

檜

羔裘，大夫以道去其君也。國小而迫，君不用道，好絜其衣服，逍遥遊燕，而不能自彊於政治，故作是詩也。

○素冠，刺不能三年也。

○隰有萇楚，疾恣也。國人疾其君之淫恣，而思無情慾者也。

（此序之誤，說見本篇）

○匪風，思周道也。國小政亂，憂及禍難，而思周道焉。

（詩言周道，但謂適周之路，如四牡所謂周道逶遲耳。序言思周道者，蓋不達此意也）

曹

蜉蝣刺奢也。昭公國小而迫。無法以自守。好奢而任小人。將無所依焉

言昭公未有考

○候人刺近小人也。共公遠君子而好近小人焉

此詩但以三百赤芾合於左氏所記晉侯入曹之事。序遂以爲共公。未知然否

○鳲鳩刺不壹也。在位無君子。用心之不壹也

此美詩。非刺詩

○下泉思治也。曹人疾共公侵刻。下民不得其所。憂而思明王賢伯也

曹無它事可考。序因候人而遂以爲共公。然此乃天下之大勢。非共公之罪也

豳

七月陳王業也。周公遭變故陳后

稷先公風化之所由致王業之艱難也

董氏曰。先儒以七月爲周公居東而作。考其詩。則陳后稷公劉所以治其國者方風諭而成其德。故是未居東也。至于鴟鴞則居東而作。其在書可知矣

○鴟鴞周公救亂也。成王未知周公之志。公乃爲詩以遺王。名之曰鴟鴞焉

此序以金縢爲文。最爲有據

○東山周公東征也。周公東征三年而歸。勞歸士。大夫美之。故作是詩也。一章言其完也。二章言其思也。三章言其室家之望女也。四章樂男女之得及時也。君子之於人。序其情而閔其勞。所以說也。說以使民。民忘其死。其唯東山乎

此周公勞歸士之詞非大夫美之而作也

○破斧美周公也周大夫以惡四國焉

此歸士美周公之詞非大夫惡四國之詩也其詩所謂四國猶言斬伐四國耳序說以爲管蔡商奄尤無理也

○伐柯美周公也周大夫刺朝廷之不知也

○九罭美周公也周大夫刺朝廷之不知也

二詩東人喜周公之至而願其留之之詞序說皆非

○狼跋美周公也周公攝政遠則四國流言近則王不知周大夫美其不失其聖也

小雅

鹿鳴燕群臣嘉賓也既飲食之又實幣帛筐篚以將其厚意然後忠臣嘉賓得盡其心矣

序得詩意但未盡其用耳其說已見本篇

○四牡勞使臣之來也有功而見知則說矣

首句同上然其下云云者語疎而義鄙矣

○皇皇者華君遣使臣也送之以禮樂言遠而有光華也

首句同上然詩所謂華者草木之華非光華也

○常棣燕兄弟也閔管蔡之失道故作常棣焉

序得之但與魚麗之序相矛盾以詩意考之蓋此得而彼失也國語富辰之言以爲周文公之詩亦其明驗但春秋傳爲富辰之言又以爲召穆公思周德之不類故糾合宗族于成周而作此詩二書之言皆出富辰且其時去召穆公又未遠不知其說何故如此杜預以作詩爲作樂而奏此詩恐亦非是

○伐木燕朋友故舊也自天子至于庶人未有不須友以成者親親以睦友賢不棄不遺故舊則民德

歸厚矣
○天保下報上也君能下下以成
其政臣能歸美以報其上焉
序之得失與鹿鳴相似
○采薇遣戍役也文王之時西有
昆夷之患北有玁狁之難以天子
之命命將率遣戍役以守衛中國
故歌采薇以遣之出車以勞還杕

杜以勤歸也
此未必文王之詩以天子之命者衍說也
○出車勞還率也
同上詩所謂天子所謂王命皆周王耳
○杕杜勞還役也
同上
○魚麗美萬物盛多能備禮也文
武以天保以上治內采薇以下治

外始於憂勤終於逸樂故美萬物盛多可以告於神明矣

此篇以下時世次第序說之失已見本篇其內外始終之說蓋一節之可取云

○南陔孝子相戒以養也

此笙詩也譜序篇次名義及其所用已見本篇

○白華孝子之絜白也

同上此序尤無理

○華黍時和歲豐宜黍稷也有其義而亡其辭

同上然所謂有其義者非眞有所謂亡其辭者乃本無也

南有嘉魚樂與賢也太平之君子至誠樂與賢者共之也

序得詩意而不明其用其曰太平之君子者本無謂而說者又以專指成王皆失之矣

○南山有臺樂得賢也得賢則能爲邦家立太平之基矣

序首句誤。詳見本篇

○由庚萬物得由其道也

見南陔

○崇丘萬物得極其高大也

見上

○由儀萬物之生各得其宜也。有其義而亡其辭

見上

○蓼蕭澤及四海也

序不知此爲燕諸侯之詩。但見零露之云。即以爲澤及四海。其失與野有蔓草同。臆說淺妄類如此云

○湛露天子燕諸侯也

○彤弓天子錫有功諸侯也

○菁菁者莪樂育材也。君子能長育人材則天下喜樂之矣

此序全失詩意

法度缺矣。南陔廢。則孝友缺矣。白華廢。則廉恥缺矣。華黍廢。則蓄積缺矣。由庚廢。則陰陽失其道理矣南有嘉魚廢。則賢者不安。下不得其所矣。崇丘廢。則萬物不遂矣。南山有臺廢。則為國之基隊矣。由儀廢。則萬物失其道理矣。蓼蕭廢。則恩澤乖矣。湛露廢。則萬國離矣。彤

○六月。宣王北伐也。

此句得之

鹿鳴廢則和樂缺矣。四牡廢則君臣缺矣。皇皇者華廢則忠信缺矣。常棣廢則兄弟缺矣。伐木廢則朋友缺矣。天保廢則福祿缺矣。采薇廢則征伐缺矣。出車廢則功力缺矣。杕杜廢則師衆缺矣。魚麗廢則

弓廢則諸夏衰矣菁菁者莪廢則無禮儀矣小雅盡廢則四夷交侵中國微矣

魚麗以下篇次爲毛公所移而此序自南陔以下八篇尚仍儀禮次序獨以鄭譜誤分魚麗爲文武時詩故遂移此序魚麗一句自華黍之下而升於南陔之上此一節與小序同出一手其得失無足議者但欲證毛公所移篇次之失與鄭氏獨移魚麗一句之私故論於此云

○采芑宣王南征也

○車攻宣王復古也宣王能內脩政事外攘夷狄復文武之竟土脩車馬備器械復會諸侯於東都因田獵而選車徒焉

○吉日美宣王田也能慎微接下無不自盡以奉其上焉

序謹微以下非詩本意

鴻鴈美宣王也萬民離散不安其

居而能勞來還定安集之至于矜寡無不得其所焉

此以下時世多不可考

○庭燎美宣王也因以箴之

○沔水規宣王也

○鶴鳴誨宣王也

○祈父刺宣王也

○白駒大夫刺宣王也

○黃鳥刺宣王也

○我行其野刺宣王也

○斯干宣王考室也

○無羊宣王考牧也

○節南山家父刺幽王也

家父見本篇

○正月大夫刺幽王也

○十月之交大夫刺幽王也

○雨無正。大夫刺幽王也。雨自上下者也。衆多如雨。而非所以爲政也

此序尤無義理。歐陽公劉氏說已見本篇

○小旻。大夫刺幽王也

○小宛。大夫刺幽王也

此詩不爲刺王而作。但兄弟遭亂畏禍而相戒之詞爾

○小弁。刺幽王也。太子之傅作焉

此詩明白爲放子之作無疑。但未有以見其必爲宜臼耳。序又以爲宜臼之傅。尤不知其所據也

○巧言。刺幽王也。大夫傷於讒。故作是詩也

○何人斯。蘇公刺暴公也。暴公爲卿士而譖蘇公焉。故蘇公作是詩而絕之

鄭氏曰。暴蘇皆畿內國名。世本云暴辛公作塤。蘇公作篪。譙周古史考云古有塤篪

尚矣周幽王時二公特著其爭耳今按書有司寇蘇公春秋傳有蘇忿生戰國及漢時有人姓暴則固應有此二人矣但此詩中只有暴字而無公字及蘇公字不知序何所據而得此事也世本說尤紕謬譙周又從而傳會之不知適所以章其謬耳

○巷伯刺幽王也寺人傷於讒故作是詩也

○谷風刺幽王也天下俗薄朋友道絕焉

○蓼莪刺幽王也民人勞苦孝子不得終養爾

○大東刺亂也東國困於役而傷於財譚大夫作是詩以告病焉

譚大夫未有考不知何據恐或有傳耳

○四月大夫刺幽王也在位貪殘下國構禍怨亂並興焉

○北山大夫刺幽王也役使不均已勞於從事而不得養其父母焉

○無將大車大夫悔將小人也

此序之誤由不識興體而誤以爲比也

○小明大夫悔仕於亂世也

○鼓鐘刺幽王也

此詩文不明故序不敢質其事但隨例爲刺幽王耳實皆未可知也

○楚茨刺幽王也政煩賦重田萊多荒饑饉降喪民卒流亡祭祀不饗故君子思古焉

自此篇至車舝凡十篇似出一手詞氣和平稱述詳雅無風刺之意序以其在變雅中故皆以爲傷今思古之作詩固有如此者然不應十篇相屬而絕無一言以見其爲衰世之意也竊恐正雅之篇有錯脫在此者耳序皆失之

○信南山刺幽王也不能脩成王之業疆理天下以奉禹功故君子思古焉

曾孫古者事神之稱序專以爲成王則陋矣

甫田刺幽王也君子傷今而思古

焉

此序專以自古有年一句生說而不察其下文今適南畝以下亦未嘗不有年也

○大田刺幽王也言矜寡不能自存焉

此序專以寡婦之利一句生說

○瞻彼洛矣刺幽王也思古明王能爵命諸侯賞善罰惡焉

此序以命服為賞善六師為罰惡然非詩之本意也

○裳裳者華刺幽王也古之仕者世祿小人在位則讒諂並進棄賢者之類絕功臣之世焉

此序只用以似之二字生說

○桑扈刺幽王也君臣上下動無禮文焉

此序只用彼交匪敖一句生說

○鴛鴦刺幽王也思古明王交於

萬物有道自奉養有節焉

此序穿鑿。尤爲無理

○頍弁諸公刺幽王也。暴戾無親。不能宴樂同姓。親睦九族。孤危將亡。故作是詩也

序見詩言死喪無日。便謂孤危將亡。不知古人勸人燕樂多爲此言。如逝者其耋。他人是保之類。且漢魏以來樂府猶多如此。如少壯幾時。人生幾何之類是也

○車舝大夫刺幽王也。褒姒嫉妬。

無道並進。讒巧敗國。德澤不加於民。周人思得賢女以配君子。故作是詩也

以下十篇並已見楚茨篇

○青蠅大夫刺幽王也

○賓之初筵衛武公刺時也。幽王荒廢。媟近小人。飲酒無度。天下化之。君臣上下沈湎淫泆。武公既入

而作是詩也

韓詩說見本篇。此序誤矣

魚藻刺幽王也。言萬物失其性。王
居鎬京將不能以自樂。故君子思
古之武王焉

此詩意與楚茨等篇相類

○采菽刺幽王也。侮慢諸侯。諸侯
來朝不能錫命以禮。數徵會之而

無信義。君子見微而思古焉

同上

○角弓父兄刺幽王也。不親九族
而好讒佞。骨肉相怨。故作是詩也

○菀柳刺幽王也。暴虐無親而刑
罰不中。諸侯皆不欲朝。言王者之
不可朝事也

○都人士周人刺衣服無常也。古

者長民衣服不貳從容有常以齊其民則民德歸壹傷今不復見古人也

此序蓋用緇衣之誤

○采緑刺怨曠也幽王之時多怨曠者也

此詩怨曠者所自作非人刺之亦非怨曠者有所刺於上也

○黍苗刺幽王也不能膏潤天下卿士不能行召伯之職焉

此宣王時美召穆公之詩非刺幽王也

○隰桑刺幽王也小人在位君子在野思見君子盡心以事之

此亦非刺詩疑與上篇皆脫簡在此也

○白華周人刺幽后也幽王取申女以爲后又得褒姒而黜申后故下國化之以妾爲妻以孽代宗而

王弗能治周人爲之作是詩也

此事有據。序盖得之。但幽后字誤。當爲申后刺幽王也。下國化之以下。皆衍說耳。又漢書注引此序幽字下有王廢申后三字。雖非詩意。然亦可補序文之缺

○緜蠻微臣刺亂也。大臣不用仁心。遺忘微賤。不肯飲食教載之。故作是詩也

此詩未有刺大臣之意。盖方道其心之所欲耳。若如序者之言。則褊狹之甚。無復溫柔敦厚之意

○瓠葉。大夫刺幽王也。上棄禮而不能行。雖有牲牢饔餼。不肯用也。故思古之人不以微薄廢禮焉

序說非是

○漸漸之石。下國刺幽王也。戎狄叛之。荆舒不至。乃命將率東征。役久病於外。故作是詩也

序得詩意。但不知果爲何時耳

○苕之華。大夫閔時也。幽王之時。西戎東夷交侵中國。師旅並起。因之以饑饉。君子閔周室之將亡。傷已逢之。故作是詩也。

○何草不黃。下國刺幽王也。四夷交侵。中國背叛。用兵不息。視民如禽獸。君子憂之。故作是詩也。

大雅

文王。文王受命作周也。

受命。受天命也。作周。造周室也。文王之德上當天心。下爲天下所歸往。三分天下而有其二。則已受命而作周矣。武王繼之遂有天下。亦卒文王之功而已。然漢儒惑於讖緯。始有赤雀丹書之說。又謂文王因此遂稱王而改元。殊不知所謂天之所以爲天者理而已矣。理之所在。衆人之心而已矣。衆人之心是非向背若出於一。而無一毫私意雜於其間。則是理之自然。而天之所以爲天者不外是矣。今天下之心既以文王爲歸。則天命將安往哉。書所謂天視自我民視。天聽自我民聽。所謂天聰明自我民聰明。天明畏自我民明威。皆謂此爾。豈必赤雀丹書而稱王改元哉。稱王改元

之說。歐陽公蘇氏游氏辨之已詳。去此而論。則此序本亦得詩之大旨。而於其曲折之意有所未盡。已論於本篇矣

○大明。文王有明德。故天復命武王也

此詩言王季大任文王大姒武王。皆有明德而天命之。非必如序說也

○緜。文王之興本由大王也

○棫樸。文王能官人也

序誤

○旱麓。受祖也。周之先祖世脩后稷公劉之業。大王王季申以百福干祿焉

序大誤。其曰百福干祿者尤不成文理

○思齊。文王所以聖也

○皇矣。美周也。天監代殷莫若周。周世世脩德莫若文王

○靈臺。民始附也。文王受命而民

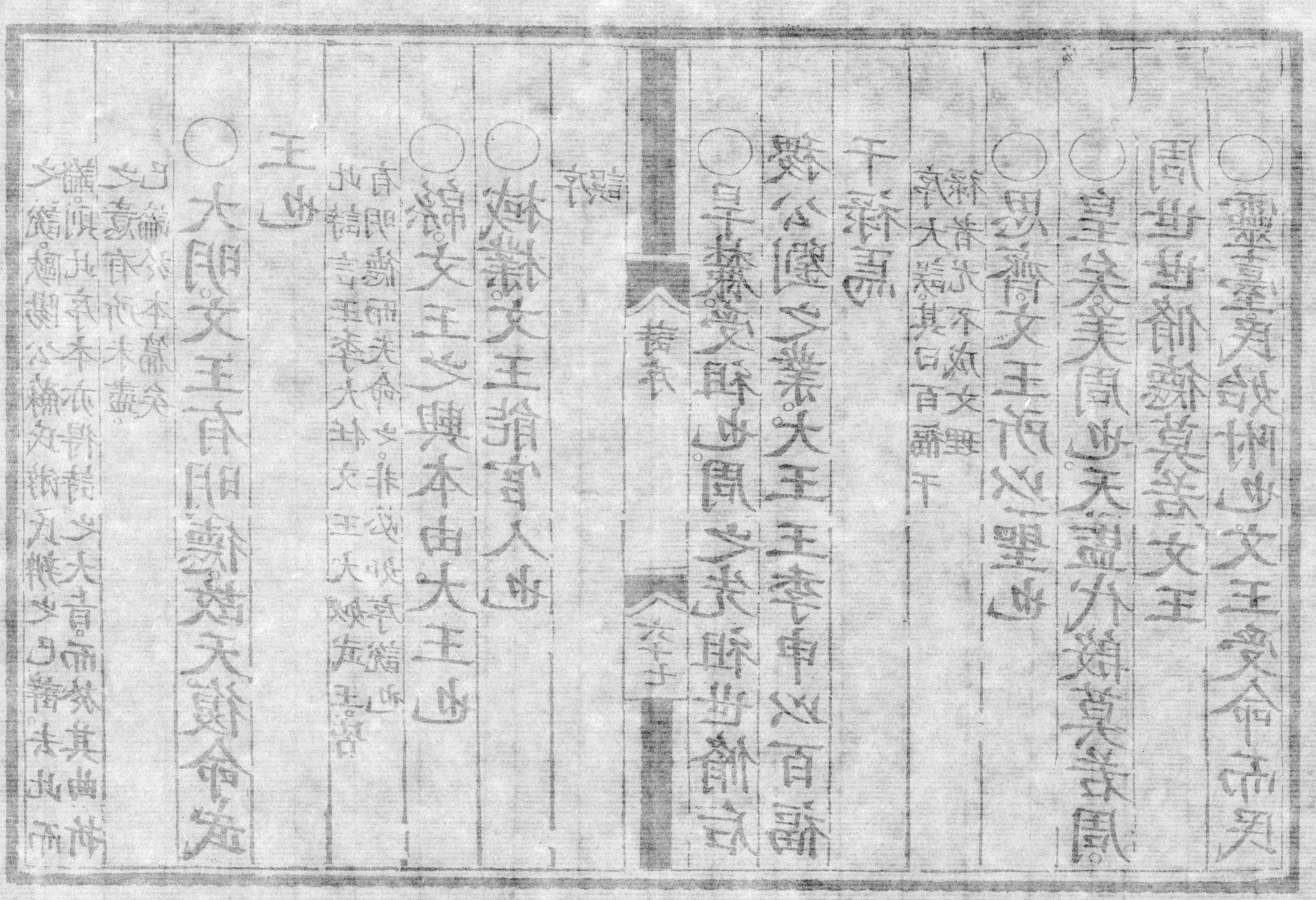

樂其有靈德以及鳥獸昆蟲焉

文王作靈臺之時民之歸周也久矣非至此而始附也其曰有靈德者亦非命名之本意

○下武繼文也武王有聖德復受天命能昭先人之功焉

下字恐誤說見本篇

○文王有聲繼伐也武王能廣文王之聲卒其伐功也

鄭譜之誤說見本篇

生民尊祖也后稷生於姜嫄文武之功起於后稷故推以配天焉

○行葦忠厚也周家忠厚仁及草木故能內睦九族外尊事黃耇養老乞言以成其福祿焉

此詩章句本甚分明但以說者不知比興之體音韻之節遂不復得全詩之本意而碎讀之逐句自生意義不暇尋繹血脈照管前後但見勿踐行葦便謂仁及草木但

見戚戚兄弟便謂親睦九族但見黃耇台背便謂養老但見以祈黃耇便謂乞言但見介爾景福便謂成其福祿隨文生義無復倫理諸序之中此失尤甚覽者詳焉

○既醉太平也醉酒飽德人有士君子之行焉

序之失如上篇蓋亦爲孟子斷章所誤爾

○鳧鷖守成也太平之君子能持盈守成神祇祖考安樂之也

同上

○假樂嘉成王也

假本嘉字然非爲嘉成王也

○公劉召康公戒成王也成王將涖政戒以民事美大公劉之厚於民而獻是詩也

召康公名奭成王即位年幼周公攝政七年而歸政焉於是成王始將涖政而召公爲太保周公爲太師以相之然此詩未有以見其爲康公之作意其傳授或有自來耳後篇召穆公凡伯仍叔放此

○泂酌召康公戒成王也言皇天親有德饗有道也

序無大失然語意亦疎

○卷阿召康公戒成王也言求賢用吉士也

求賢用吉士本用詩文而言固爲不切然亦未必分爲兩事也後之説者既誤認豈弟君子爲賢人遂分賢人吉士爲兩等彌失之矣夫泂酌之豈弟君子方爲成王而此詩遽爲所求之賢人何哉

○民勞召穆公刺厲王也

○板凡伯刺厲王也

蕩召穆公傷周室大壞也厲王無道天下蕩蕩無綱紀文章故作是詩也

蘇氏曰蕩之名篇以首句有蕩蕩上帝耳序説云云非詩之本意也

○抑衛武公刺厲王亦以自警也

此詩之序有得有失蓋其本例以爲非美非刺則詩無所爲而作又見此詩之次適

出於宣王之前。故直以爲刺厲王之詩。又以國語有左史之言。故又以爲厲亦以自警。以詩考之。則其曰刺厲王者失之。而曰自警者得之也。夫曰刺厲王之所以爲失者史記衛武公即位於宣王之三十六年。不與厲王同時。一也。詩以小子目其君而爾汝之。無人臣之禮。與其所謂敬威儀。謹出話者自相悖戾。二也。厲王無道貪虐爲甚。詩不以此箴其膏肓而徒以威儀詞令爲諄切之戒。緩急失宜。三也。詩詞倨慢。雖仁厚之君有所不能容者。厲王之暴何以堪之。四也。或以史記之年不合而以爲追刺者。則詩所謂聽用我謀庶無大悔。非所以爲望於既往之人。五也。曰自警之所以爲得者。國語左史之言。一也。詩曰謹爾侯度。二也。又曰曰喪厥國。三也。又曰亦聿既耄。四也。詩意所指與淇奧所美賓筵所悔相表裏。五也。二說之得失。其佐驗明白如此。必去其失而取其得。然後此詩之義明。今序者乃欲合而一之。則其失者固已失之。而其得者亦未足爲全得也。然此猶自其詩之外而言之也。若但即其詩之本文而各以其一說反覆讀之。則其訓義之顯晦疏密。意味之厚薄淺深。可以不待考證而判然於胸中矣。此又讀詩之簡要直訣。學者不可以不知也

○桑柔。芮伯刺厲王也

序與春秋傳合

○雲漢。仍叔美宣王也。宣王承厲

王之烈內有撥亂之志遇烖而懼側身脩行欲銷去之天下喜於王化復行百姓見憂故作是詩也

此序有理

○崧高尹吉甫美宣王也天下復平能建國親諸侯褒賞申伯焉

此尹吉甫送申伯之詩因可以見宣王中興之業耳非專爲美宣王而作也下三篇放此

○烝民尹吉甫美宣王也任賢使能周室中興焉

同上

○韓奕尹吉甫美宣王也能錫命諸侯

同上其曰尹吉甫者未有據下二篇同其曰能錫命諸侯則尤淺陋無理矣既爲天子錫命諸侯自其常事春秋戰國之時猶有能行之者亦何足爲美哉

○江漢尹吉甫美宣王也能興衰

撥亂命召公平淮夷

吉甫見上他說得之

○常武召穆公美宣王也有常德以立武事因以爲戒然

召穆公見上所解名篇之意未知其果然否然於理亦通

○瞻卬凡伯刺幽王大壞也

凡伯見上

○召旻凡伯刺幽王大壞也旻閔也閔天下無如召公之臣也

凡伯見上旻閔以下不成文理

周頌

清廟祀文王也周公既成洛邑朝諸侯率以祀文王焉

○維天之命太平告文王也

詩中未見告太平之意

○維清奏象舞也

詩中未見奏象舞之意

○烈文成王即政諸侯助祭也

詩中未見即政之意

○天作祀先王先公也

○昊天有成命郊祀天地也

此詩詳考經文而以國語證之其為康王以後祀成王之詩無疑而毛鄭舊說定以頌為成王之時周公所作故凡頌中有成王及成康字者例皆曲為之說以附己意其迂滯僻澁不成文理甚不難見而古今諸儒無有覺其謬者獨歐陽公著時世論以斥之其辨明矣然讀者狃於舊聞亦未遽肯深信也小序又以此詩篇首有昊天二字遂定以為郊祀天地之詩諸儒往往亦襲其誤殊不知其首言天命者止於一句次言文武受之者亦止一句至於成王以下然後詳說不敢康寧緝熙安請之意乃至五句而後已則其不為祀天地而為祀成王無可疑者又況古昔聖人制為祭祀之禮必以象類故祀天於南祭地於北而其壇壝樂舞器幣之屬亦各不同若曰合祭天地於圓丘則古者未嘗有此瀆亂厖雜之禮若曰一詩而兩用如所謂冬薦魚春獻鮪者則此詩專言天而不及地若於澤中之方丘奏之則於義何所取乎序說之云反覆推之皆有不通其謬無可疑者故今特上據國語旁采歐陽以定其說

庶幾有以不失此詩之本指耳。或曰。國語所謂始於德讓。中於信寬。終於固龢。故曰成者。其語成字不爲王誦之謚。而韋昭之註大畧亦如毛鄭之説矣。此又何耶。曰。叔向蓋言成王之所以爲成。以是三者。正猶子思所謂文王之所以爲文。班固所謂尊號曰昭。不亦宜乎者耳。韋昭何以知其必謂文武以是成其王道。而不爲王誦之謚乎。蓋其爲説本出毛鄭。而不悟其非者。今欲一滌千古之謬而不免於以誤而證誤則亦將何時而已耶。或者又曰。蘇氏最爲不信小序。而於此詩無異詞。且又以爲周公制作已定。後王不容復有改易。成王非創業之主。不應得以基命稱之。此又何耶。曰。蘇氏之不信小序。固未嘗見其不可信之實也。愚於漢廣之篇已嘗論之。不足援以爲據也。夫周公制作。亦及其當時之事而止耳。若乃後王之廟所奏之樂。自當隨時附益。若商之玄鳥作於武丁孫子之世。漢之廟樂亦隨世而更定焉。豈有周之後王乃獨不得褒顯其先王之功德。而必以改周公爲嫌耶。基者非以遺之於始。亦承之於下之謂也。如曰邦家之基。豈必爲太王王季之臣乎。以是爲謚。亦不得而通矣。況其所以爲此。實未能忘北郊集議之餘忿。今固不得而取也。

○我將祀文王於明堂也。

○時邁巡守告祭柴望也。

○執競祀武王也。

此詩并及成康則序説誤矣其説已具昊天有成命之篇蘇氏以周之奄有四方不自成康之時因從小序之説此亦以詞害意之失皇矣之詩於王季章中盖已有此句矣又豈可以其太蚤而別爲之説耶詩人之言或先或後要不失爲周有天下之意耳

○思文后稷配天也

臣工諸侯助祭遣於廟也

序誤

○噫嘻春夏祈穀于上帝也

序誤

○振鷺二王之後來助祭也

○豐年秋冬報也

序誤

○有瞽始作樂而合乎祖也

○潛季冬薦魚春獻鮪也

○雝禘大祖也

祭法周人禘嚳又曰天子七廟三昭三穆及太祖之廟而七周之太祖即后稷也禘

嚳於后稷之廟而以后稷配之所謂禘其祖之所自出以其祖配之者也祭法又曰周祖文王而春秋家說三年喪畢致新死者之主于廟亦謂之吉禘是祖一號而二廟禘一名而二祭也今此序云禘太祖則宜爲禘嚳於后稷之廟矣而其詩之詞無及於嚳稷者若以爲吉禘于文王則與序已不協而詩文亦無此意恐序之誤也此詩但爲武王祭文王而徹俎之詩而後通用於他廟耳

○載見諸侯始見乎武王廟也

序以載訓始故云始見恐未必然也

○有客微子來見祖廟也

○武奏大武也

閔予小子嗣王朝於廟也

○訪落嗣王謀於廟也

○敬之羣臣進戒嗣王也

○小毖嗣王求助也

此四篇一時之詩序但各以其意爲說不能究其本末也

○載芟春籍田而祈社稷也

○良耜秋報社稷也

兩篇未見其有祈報之異

○絲衣繹賓尸也髙子曰靈星之尸也

序誤髙子尤誤

○酌告成大武也言能酌先祖之道以養天下也

詩中無酌字未見酌先祖之道以養天下之意

○桓講武類禡也桓武志也

○賚大封於廟也賚予也言所以錫予善人也

○般巡守而祀四嶽河海也

此二篇說見本篇

魯頌

駉頌僖公也僖公能遵伯禽之法儉以足用寬以愛民務農重穀牧于坰野魯人尊之於是季孫行父

請命于周而史克作是頌

此序事實皆無可考詩中亦未見務農重穀之意序說鑿矣

○有駜頌僖公君臣之有道也

此但燕飲之詩未見君臣有道之意

○泮水頌僖公能脩泮宮也

此亦燕飲落成之詩不爲頌其能脩也

○閟宮頌僖公能復周公之宇也

此詩言莊公之子又言新廟奕奕則爲僖公脩廟之詩明矣但詩所謂復周公之宇者祝其能復周公之土宇耳非謂其能脩周公之屋宇也序文首句之謬如此而蘇氏信之何哉

商頌

那祀成湯也微子至于戴公其間禮樂廢壞有正考甫者得商頌十二篇於周之大師以那爲首

序以國語爲文

○烈祖祀中宗也

詳此詩未見其爲祀中宗。而未言湯孫。則
亦祭成湯之詩耳序但不欲連篇重出。又
以中宗商之賢
君不欲遺之耳

○玄鳥祀高宗也

詩有武丁孫子之句。故序得以爲據。
雖未必然。然必是高宗以後之詩矣

○長發大禘也

疑見
本篇

○殷武祀高宗也

詩傳綱領

朱氏

大序曰詩者志之所之也在心爲志發言爲詩

心有所之謂之志而詩所以言志也

○情動於中而形於言言之不足故嗟嘆之嗟嘆之不足故永歌之永歌之不足不知手之舞之足之蹈之也

情者性之感於物而動者也喜怒憂懼愛惡慾謂之七情形見永長也

○情發於聲聲成文謂之音治世之音安以樂其政和亂世之音怨以怒其政乖亡國之音哀以思其民困

治直吏反樂音洛思息吏反

聲不止於言凡嗟嘆永歌皆是也成文謂其清濁高下疾徐疏數之節相應而和也然情之所感不同則音之所成亦異矣

【音釋】孔穎達疏亂世謂世亂而國存故以世言亡國則國亡而世絕故不言世亂世言政亡國不言政者民困必政暴斂驟其民困爲甚斂故不

言政也。䟽山於反。數色角反

故正得失。動天地。感鬼神。莫近於詩

事有得失。詩因其實而諷詠之。使人有所創艾興起。至其和平怨怒之極。又足以達於陰陽之氣。而致祥召災。蓋其出於自然。不假人力。是以入人深而見功速。非他敎之所及也

音釋 艾。音刈

○先王以是經夫婦。成孝敬。厚人倫。美教化。移風俗

先王。指文武周公成王。是。指風雅頌之正經。經常也。女正位乎內。男正位乎外。夫婦之常也。孝者。子之所以事父。敬者。臣之所以事君。詩之始作。多發於男女之間。而達於父子君臣之際。故先王以詩爲敎。使人興於善而戒其失。所以道夫婦之常。而成父子君臣之道也。三綱既正。則人倫厚。敎化美。而風俗移矣

音釋 朱子語錄。問謂周公爲先王。恐讀者有疑。曰。此無甚害。蓋周公實行王事。制禮樂。若止言成王。則失其實矣

○故詩有六義焉。一曰風。二曰賦。三曰比。四曰興。虛應反。後同五曰雅。六曰頌

此一條本出於周禮大師之官。蓋三百篇之綱領管轄也。風雅頌者。聲樂部分之名也。風則十五國風。雅則大小雅。頌則三頌也。賦比興。則所以製作風雅頌之體也。賦者。直陳其

事。如葛覃、卷耳之類是也。比者，以彼狀此。如螽斯、綠衣之類是也。興者，託物興詞。如關雎、兎罝之類是也。蓋衆作雖多，而其聲音之節，製作之體，不外乎此。故太師之教國子，必使之以是六者三經而三緯之，則凡詩之節奏指歸，皆將不待講說而直可吟咏以得之矣。六者之序，以其篇次。風固爲先，而風則有賦比興矣。故三者次之，而雅頌又次之。蓋亦以是三者爲之也。然比興之中，螽斯專於比，而綠衣兼於興；兎罝專於興，而關雎兼於比。此其例中又自有不同者，學者亦不可以不知也。【音釋】分，扶問反。緯，于貴反。

○上以風化下，下以風刺上，主文而譎諫，言之者無罪，聞之者足以戒，故

曰風。風刺之風，福鳳反。

風者，民俗歌謠之詩。如物被風而有聲，又因其聲以動物也。上以風化下者，詩之美惡，其風皆出於上而被於下也。下以風刺上者，上之化有不善，則在下之人又歌詠其風之所自以譏其上也。凡以風刺上者，皆不主於政事而主於文詞，不以正諫而託意以諫，若風之被物，彼此無心而能有所動也。

○至于王道衰，禮義廢，政教失，國異政，家殊俗，而變風變雅作矣。

先儒舊說，二南二十五篇爲正風，鹿鳴至菁莪二十二篇爲正小雅，文王至卷阿十八篇

爲正大雅。皆文武成王時詩。周公所定樂歌之詞。邶至豳十三國爲變風。六月至何草不黃五十八篇爲變小雅。民勞至召旻十三篇爲變大雅。皆康昭以後所作。故其爲說如此。國異政家殊俗者。天子不能統諸侯。故國國自爲政。諸侯不能統大夫。故家家自爲俗也。然正變之說。經無明文可考。今姑從之。其可疑者。則具於本篇云。

○國史明乎得失之迹。傷人倫之廢。哀刑政之苛。吟詠情性。以風其上。達於事變而懷其舊俗者也。風福鳳反

詩之作或出於公卿大夫。或出於匹夫匹婦。蓋非一人。而序以爲專出於國史。則誤矣。說者欲蓋其失。乃云國史紬繹詩人之情性而歌詠之以風其上。則不唯文理不通。而考之周禮大史之屬。掌書而不掌詩。其誦詩以諫乃大師之屬瞽矇之職也。故春秋傳曰史爲書。瞽爲詩。說者之云。兩失之矣。

○故變風發乎情。止乎禮義。發乎情民之性也。止乎禮義。先王之澤也。

情者。性之動。而禮義者。性之德也。動而不失其德。則以先王之澤入人者深。至是而猶有不忘者也。然此言亦其大槩有如此者。其放逸而不止乎禮義者。固已多矣。

○是以一國之事。繫一人之本。謂之

風所謂上以風化下

言天下之事形四方之風謂之雅。雅者正也。言王政之所由廢興也。政有小大。故有小雅焉有大雅焉

形者體而象之之謂。小雅皆王政之小事。大雅則言王政之大體也

頌者美盛德之形容。以其成功告於神明者也告古毒反

頌皆天子所制郊廟之樂歌。頌容古字通。故其取義如此

是謂四始。詩之至也

史記曰。關雎之亂以爲風始。鹿鳴爲小雅始。文王爲大雅始。清廟爲頌始。所謂四始也。詩之所以爲詩者至是無餘蘊矣後世雖有作者其孰能加於此乎。邵子曰刪詩之後世不復有詩矣。蓋謂此也

書舜典帝曰。夔命汝典樂教胄子。直而温。寬而栗。剛而無虐。簡而無傲

夔舜臣名。胄子。謂天子至卿大夫子弟。教之。因其德性之美而防其過

詩言志歌永言聲依永律和聲

聲謂五聲宮商角徵羽宮最濁而羽極清所以叶歌之上下律謂十二律黄鍾大呂大蔟夾鍾姑洗仲呂蕤賓林鍾夷則南呂無射應鍾黄最濁而應極清又所以旋相爲宮而節其聲之上下

音釋 大音泰族千候反洗蘇典反蕤如追反射音亦應於證反

八音克諧無相奪倫神人以和

八音金石絲竹匏土革木也

周禮大師教六詩曰風曰賦曰比曰興曰雅曰頌

說見大序

以六德爲之本

中和祗庸孝友

以六律爲之音

六律謂黄鍾至無射六陽律也大呂至應鍾爲六陰律與之相間故曰六間又曰六呂其爲教之本末猶舜之意也

禮記王制天子五年一巡狩命大師陳詩以觀民風

論語孔子曰吾自衛反魯然後樂正雅頌各得其所

前漢禮樂志云王官失業雅頌相錯孔子論而定之故其言如此史記云古者詩本三千餘篇孔子去其重取其可施於禮義者三百五篇孔穎達曰按書傳所引之詩見在者多亡逸者少則孔子所錄不容十分去九馬遷之言未可信也愚按三百五篇其間亦未必皆可施於禮義但存其實以爲鑑戒耳

○子所雅言詩書執禮皆雅言也

○嘗獨立鯉趨而過庭子曰學詩乎對曰未也不學詩無以言鯉退而學詩

○子曰興於詩

興起也詩本人情其言易曉而諷詠之間優柔浸漬又有以感人而入於其心使誦而習焉則其或邪或正或勸或懲皆有以使人志意油然興起於善而自不能已也

音釋 漬疾賜反

○子曰小子何莫學夫詩詩可以興可以觀可以羣可以怨邇之事父遠

之事君。多識於鳥獸草木之名

○子曰。詩三百。一言以蔽之。曰思無邪

凡詩之言善者可以感發人之善心。惡者可以懲創人之逸志。其用歸於使人得其情性之正而已。然其言微婉。且或各因一事而發。求其直指全體而言。則未有若思無邪之切者。故夫子言詩三百篇。而惟此一言足以盡蓋其義

○南容三復白圭。孔子以其兄之子妻之

白圭。大雅抑之五章也

○子曰。誦詩三百。授之以政。不達。使於四方。不能專對。雖多。亦奚以爲

○子貢曰。貧而無諂。富而無驕。何如。子曰。可也。未若貧而樂。富而好禮者也

子貢蓋自謂能無諂無驕者。故以二言質之夫子。夫子以爲二者特隨處用力而免於顯過耳。故但以爲可。蓋僅可而有所未盡之辭也。又言必其理義渾然。全體貫徹。貧則心廣

體胖而忘其貧富則安處善樂循理而不自知其富然後乃可爲至爾

子貢曰詩云如切如磋如琢如磨其斯之謂與

治骨角者既切之而復磋之治玉石者既琢之而復磨之治之之功不已而益精也子貢因夫子告以無諂無驕不如樂與好禮而知凡學之不可少得而自足必當因其所至而益加勉焉故引此詩以明之

子曰賜也始可與言詩已矣告諸往而知來者

往者其所已言者來者其所未言者

○子夏問曰巧笑倩兮美目盼兮素以爲絢兮何謂也

此逸詩也倩好口輔也盼目黑白分也素粉地畫之質也絢采色畫之飾也言人有此倩盼之美質而又加以華采之飾如有素地而加采色也子夏疑其反謂以素爲飾故問之

子曰繪事後素

繪事繪畫之事也後素後於素也考工記曰繪畫之事後素功是也蓋先以粉地爲質而後可施以五采猶人有美質然後可加以文飾

曰禮後乎子曰起予者商也始可與言詩已矣

禮必以忠信爲質猶繪事必以粉素爲先起猶發也起予言能起發我之志意

咸丘蒙問曰詩云普天之下莫非王土率土之濱莫非王臣而舜既爲天子矣敢問瞽叟之非臣如何孟子曰是詩也非是之謂也勞於王事而不得養父母也曰此莫非王事我獨賢勞也故說詩者不以文害辭不以辭害志以意逆志是爲得之如以辭而已矣雲漢之詩曰周餘黎民靡有孑遺信斯言也是周無遺民也

程子曰舉一字是文成句是辭愚謂意謂己意志謂詩人之志逆迎之也其至否遲速不敢自必而聽於彼也

程子顥字伯淳頤字正叔曰詩者言之述也言之不足而長言之詠歌之所由興也其發

於誠感之深至於不知手之舞足之
蹈故其入於人也亦深古之人幼而
聞歌誦之聲長而識美刺之意故人
之學由詩而興後世老師宿儒尚不
知詩之義後學豈能興起乎
○又曰興於詩者吟詠情性涵暢道
德之中而歆動之有吾與點也之氣
象

○又曰學者不可不看詩便使人長
一格
張子（載字子厚）曰置心平易然後可以言詩
涵泳從容則忽不自知而自解頤矣
若以文害辭以辭害意則幾何而不
爲高叟之固哉
○又曰求詩者貴平易不要崎嶇求
合蓋詩人之情性温厚平易老成今

以崎嶇求之。其心先狹隘。無由可見。

○又曰。詩人之志至平易。故無艱險之言。大率所言皆目前事。而義理存乎其中。以平易求之。則思遠以廣。愈艱險則愈淺近矣

上蔡謝氏（良佐學顯道）曰。學詩須先識得六義體面。而諷味以得之

愚按六義之說見於周禮大序。其辨甚明。其用可識。而自鄭氏以來諸儒相襲。不唯不能知其所用。反引異說而汩陳之。唯謝氏此說為庶幾得其用耳

古詩即今之歌曲。今之歌曲。往往能使人感動。至學詩卻無感動興起處。只為泥章句故也。明道先生善言詩。未嘗章解句釋。但優游玩味。吟哦上下。便使人有得處。如曰瞻彼日月。悠悠我思。道之云遠。曷云能來。思之切矣。百爾君子。不知德行。不忮不求。何

用不臧歸于正也

○又曰明道先生談詩並不曾下一字訓詁只轉却一兩字點掇地念過便教人省悟點平聲

詩傳綱領畢

詩圖

思無邪圖

思無邪魯頌駉篇之辭夫子讀詩至此而有合於其心焉是以取之蓋斷章摘句云耳

孔子曰詩三百一言以蔽之曰思無邪其用歸於使人得其情性之正

言善者可以感發人之善心　情性是貼思

言惡者可以懲創人之逸志　正是貼無邪

四始圖

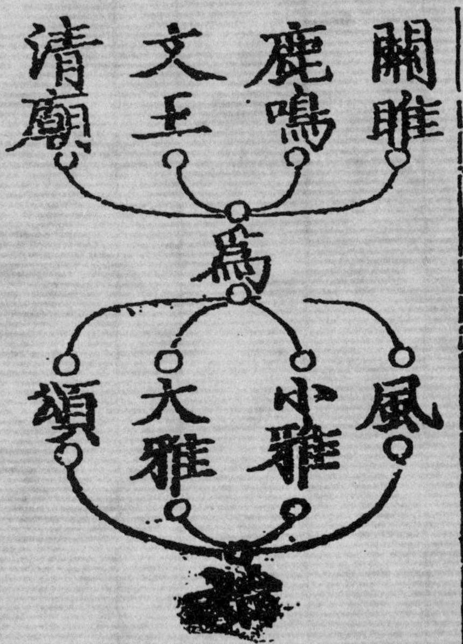

朱子曰詩之所以爲詩者至是無餘蘊矣後世雖有作者其孰能加於此乎邵子曰刪詩之後世不復有詩者正謂此也

正變風雅之圖

正風	周南 召南	二十五篇
變風	邶至豳 十三國	一百三十五篇
正小雅	鹿鳴至菁莪	二十二篇
變小雅	六月至何草不黃	五十八篇
正大雅	文王至卷阿	一十八篇
變大雅	民勞至召旻	一十三篇

朱子曰先儒正變之說經無明文可考今姑從之其可疑者則具於本篇云

二南爲正風所以用之閨門鄉黨邦國而化天下也

十三國爲變風亦領在樂官以時存肄備觀省而垂鑒戒耳

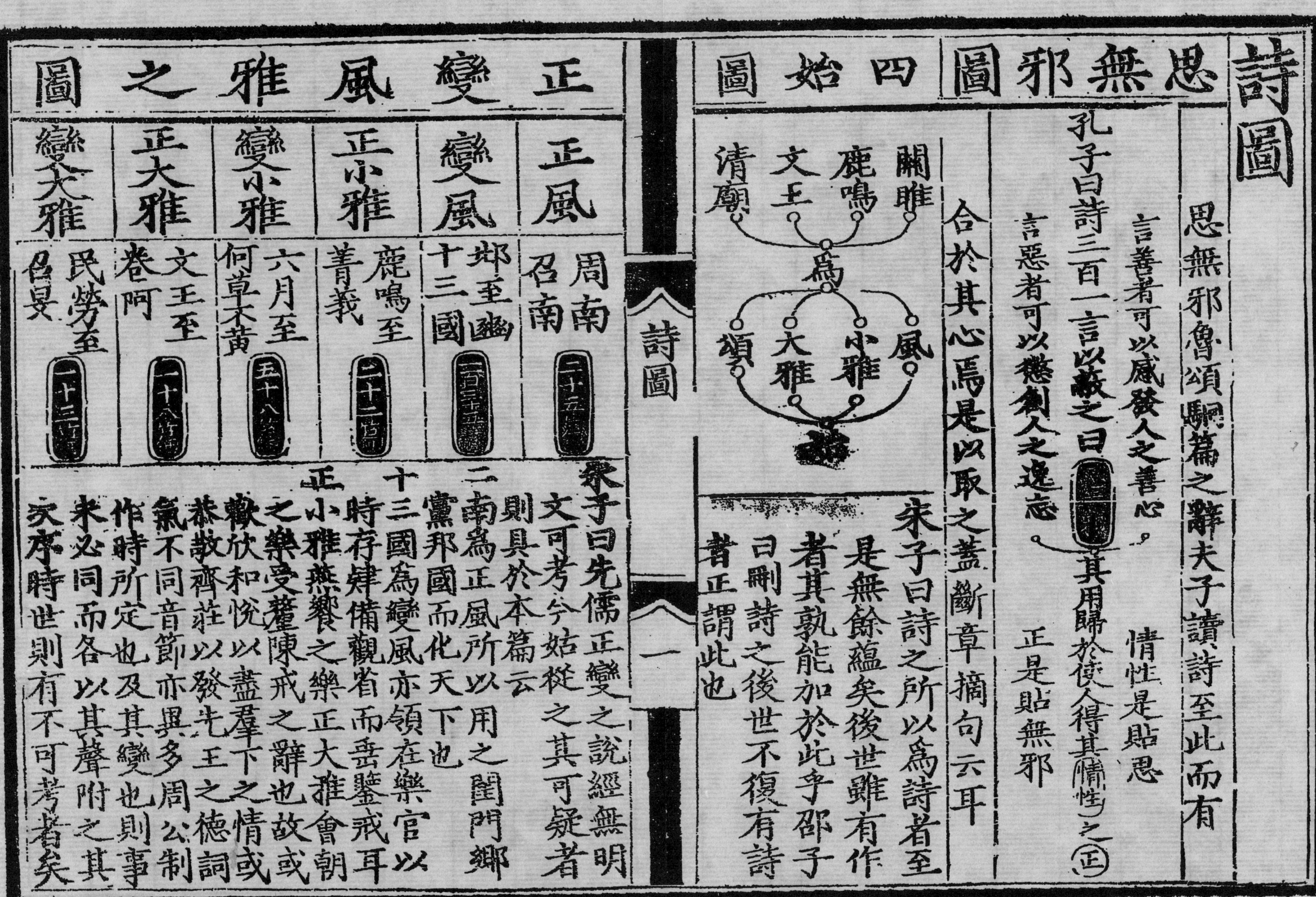

正小雅燕饗之樂正大雅會朝之樂受釐陳戒之辭也故或懽欣和悅以盡羣下之情或恭敬齊莊以發先王之德詞氣不同音節亦異多周公制作時所定也及其變也則事未必同而各以其聲附之其次序時世則有不可考者矣

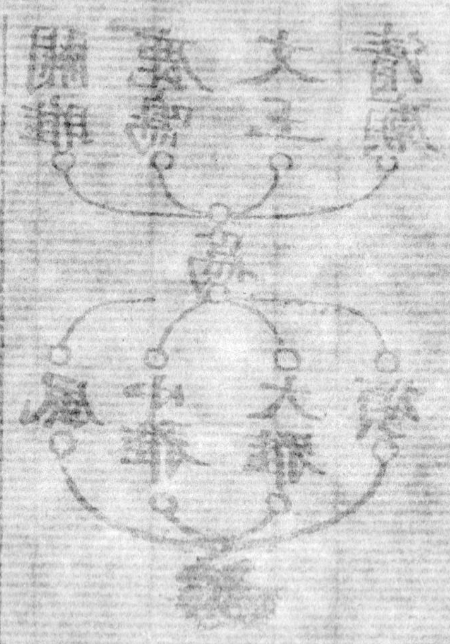

詩有六義之圖

三經　三緯

風
十五國風
風者如物因風之動以有聲而其聲又足以動物也

雅
大小二雅
雅者正也正樂之歌也本有大小之殊而先儒說又各有正變之別

頌
周商魯三頌
頌者美盛德之形容以其成功告於神明者也

賦
賦者直陳其事如葛覃卷耳之類
語錄云 直指其名直叙其事者賦也

比
比者以彼狀此如螽斯綠衣之類
語錄 引物爲說者比也

興
興者託物興詞如關雎兔罝之類
語錄 本要言其事而虛用兩句鈎起因而接續去者興也

六義三經三緯 周禮大師教六詩曰風曰賦曰比曰興曰雅曰頌 風雅頌聲樂部分之名賦比興則所以製作風雅頌之體也○大師之教國子必使之以是六者三經而三緯之則凡詩之節奏指歸皆將不待講說而直可吟詠以得之矣

語錄 風雅頌乃是樂中之腔調如言仲呂調大石調越調之類大抵風是民庶所作雅是朝廷之詩頌是宗廟之詩○三經是風雅頌是做詩底骨子賦比興却是裏面橫串底故謂之三緯

賦比興兼義

- 賦而比：頍弁首章　小弁八章
- 賦而興：野有蔓草　黍離　氓六章　溱洧　小弁七章
- 比而興：下泉　氓三章　綠衣
- 興而比：關雎　漢廣　椒聊　巧言四章
- 賦而興又比：頍弁二章三章
- 賦其事以起興：泮水首三章

比興之中螽斯專於比而綠衣兼於興兔罝專於興而關雎兼於比此其例中又自有不同者學者亦不可以不考

語錄 說出那箇物事來是興不說出那箇物事來是比如南有喬木只是說漢有游女奕奕寢廟君子作之只是說他人有心予忖度之關雎亦然皆是興體比體只是從頭比下來不說破興比相近却不同

十五國風地理之圖

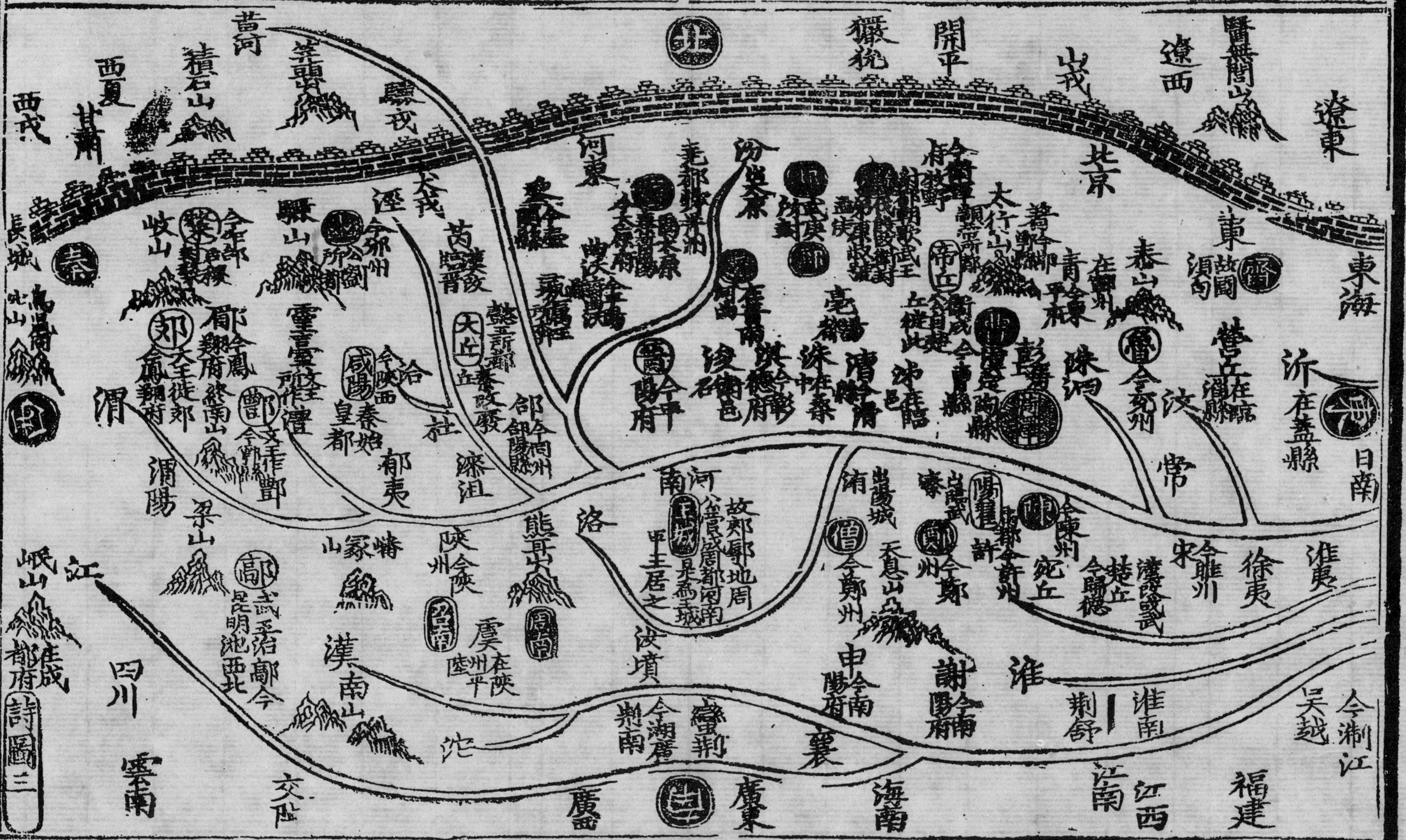

詩圖二

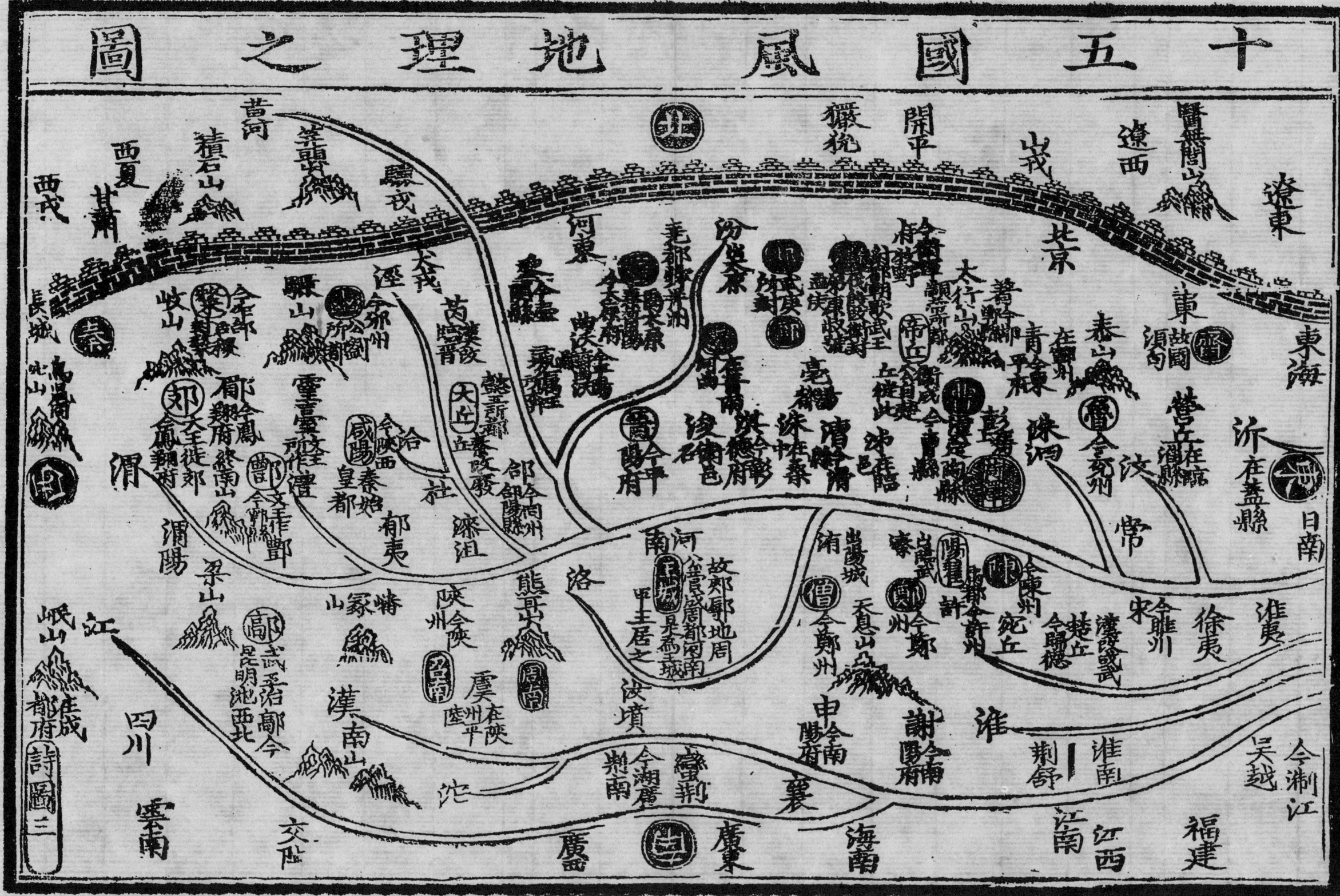

靈臺辟廱之圖

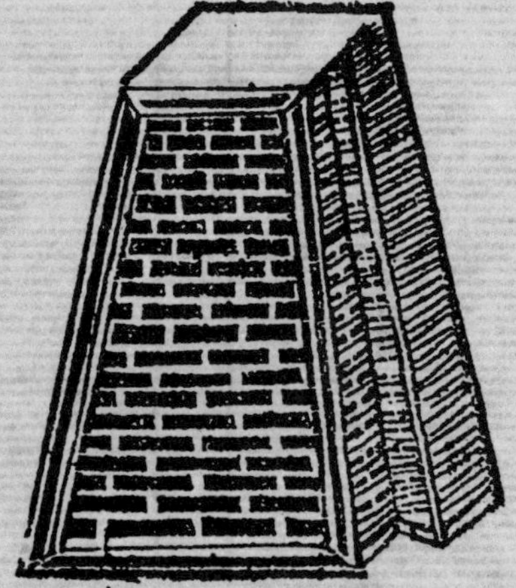

靈臺文王所作所以望氛祲察災祥時觀游節勞佚也

辟廱辟璧也廱澤也天子之學大射行禮之處也水旋丘如辟以節觀者故曰辟廱

朱子初解曰張子云辟廱古無此名則其制蓋始於此及周有天下遂以名天子之學而諸侯不得立焉

臯門應門圖

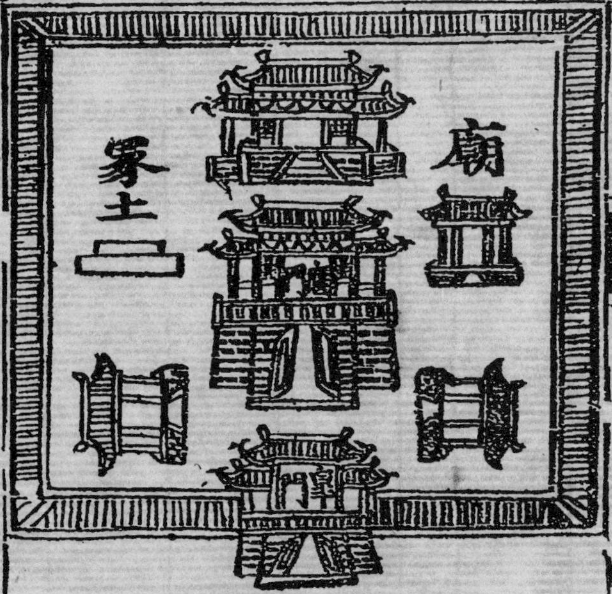

大王遷岐胥宇築室作廟立臯門應門立冢土

古公亶父後追稱大王王之郭門曰臯門王之正門曰應門大王之時未有制度作二門如此及周有天下遂尊以爲天子之門而諸侯不得立焉

泮宮圖

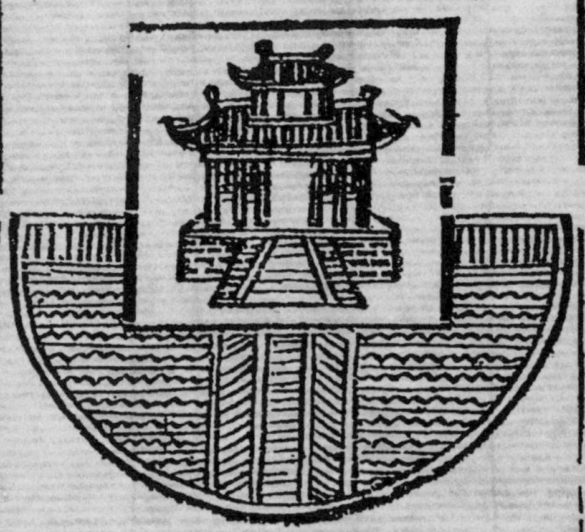

泮水泮宮之水諸侯之學鄉射之宮謂之泮宮其東西南方有水形如半璧以其半於辟廱故曰泮水而宮亦以名也

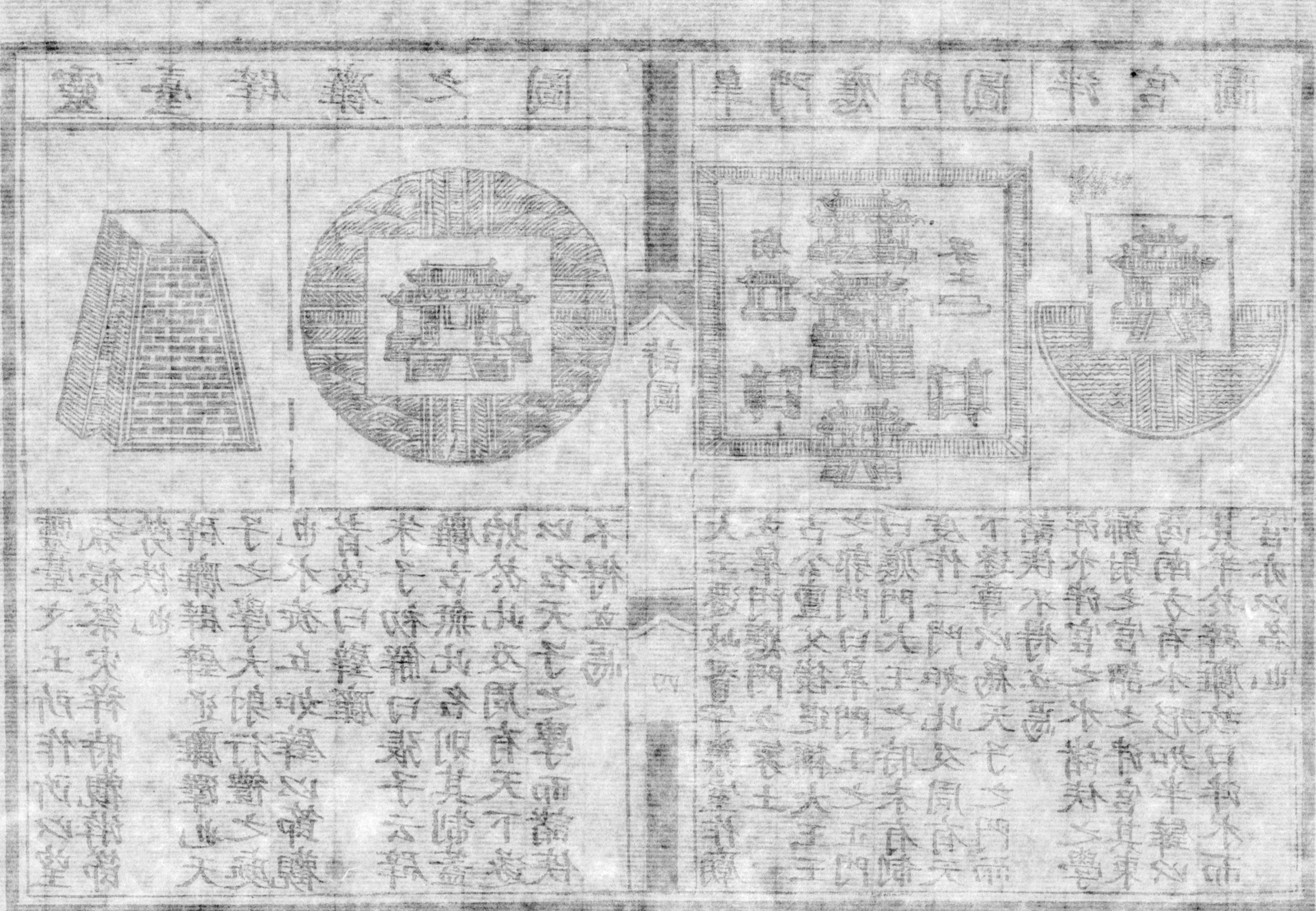

大東總星之圖

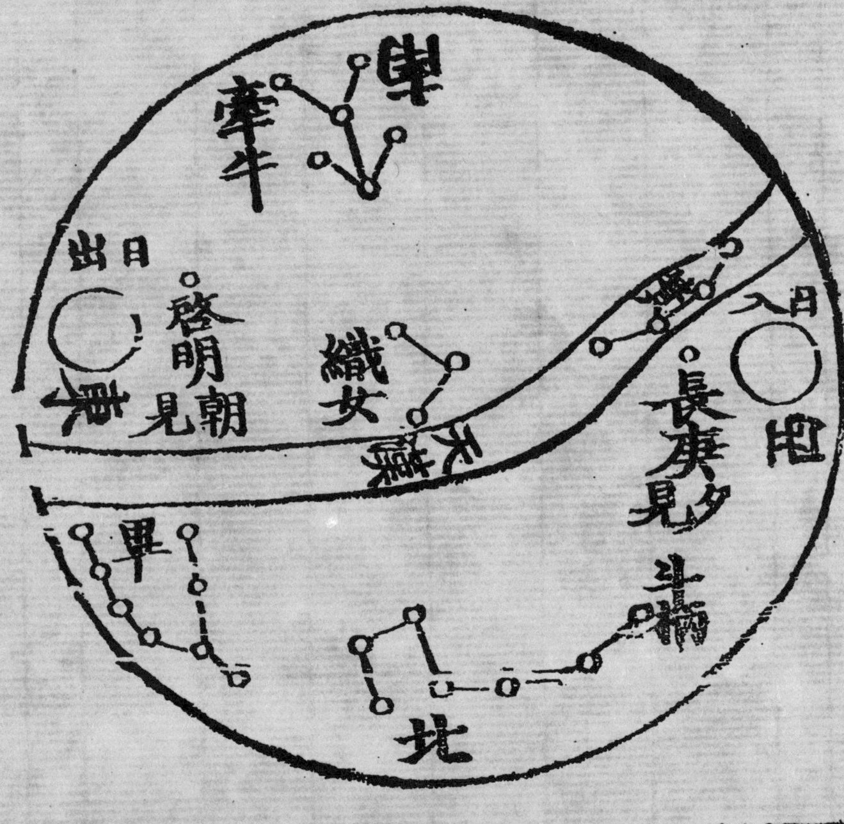

織女天女也牽牛服駕篤也啓明長庚皆金星也以其先日而出故謂之啓明以其後日而入故謂之長庚天畢畢星也狀如掩兎之畢也箕斗二宿以夏秋之間見於南方云北斗者以其在箕之北也

七月流火之圖

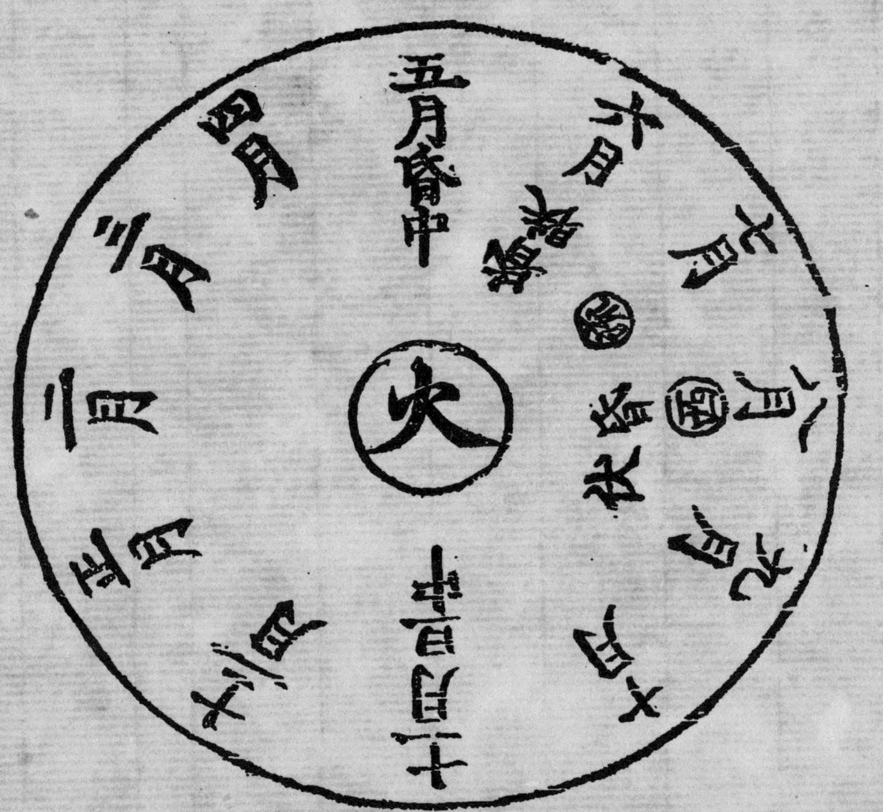

火大火心星也以六月之昏加於地之南方至七月之昏則下而西流矣

火伏於九月至十月昏旦並不見唯冬至後旦中至正二三四皆見旦後也

左傳張趯曰火星中而寒暑退服虔注云旦中而寒退昏中而暑退

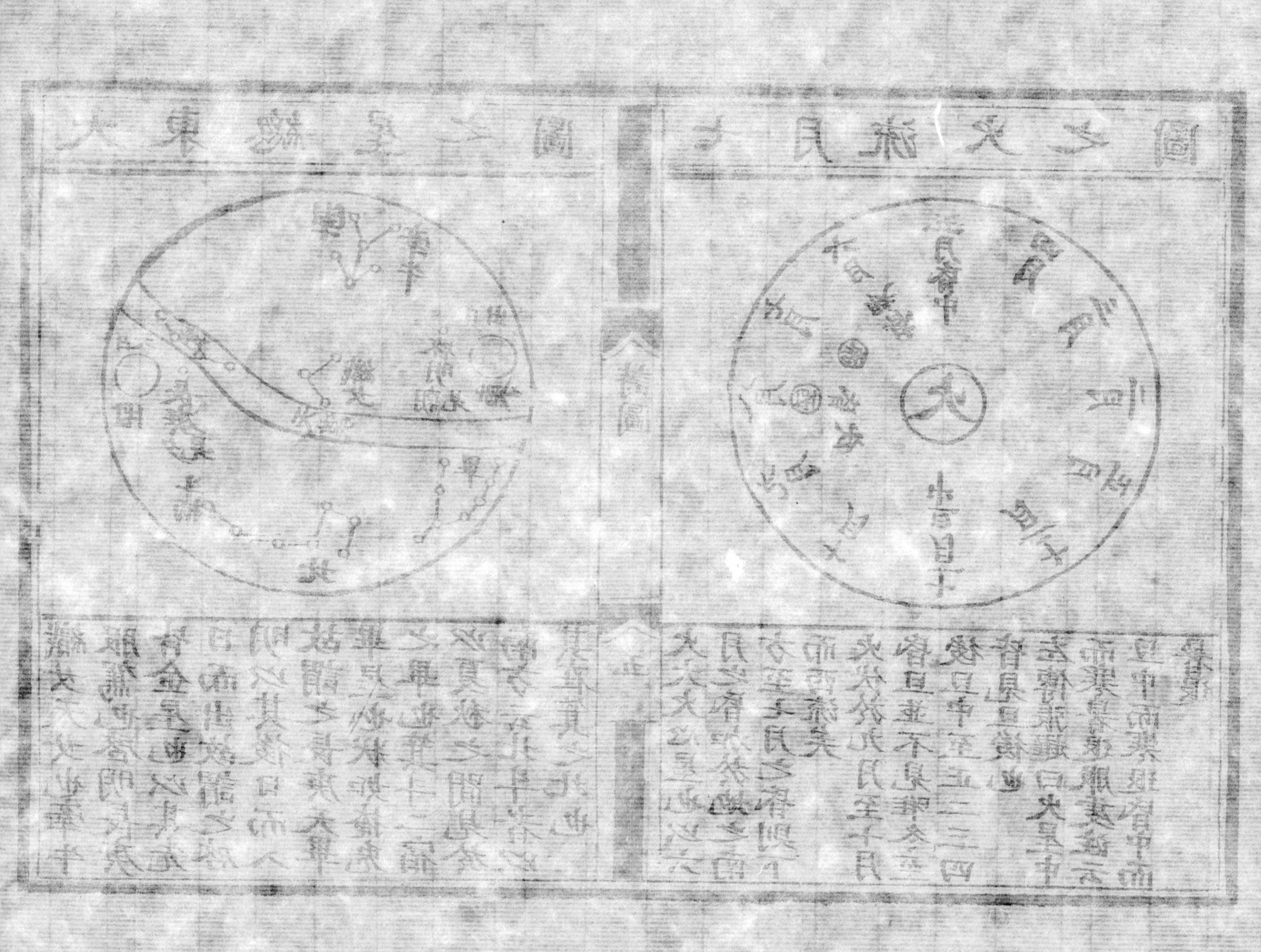

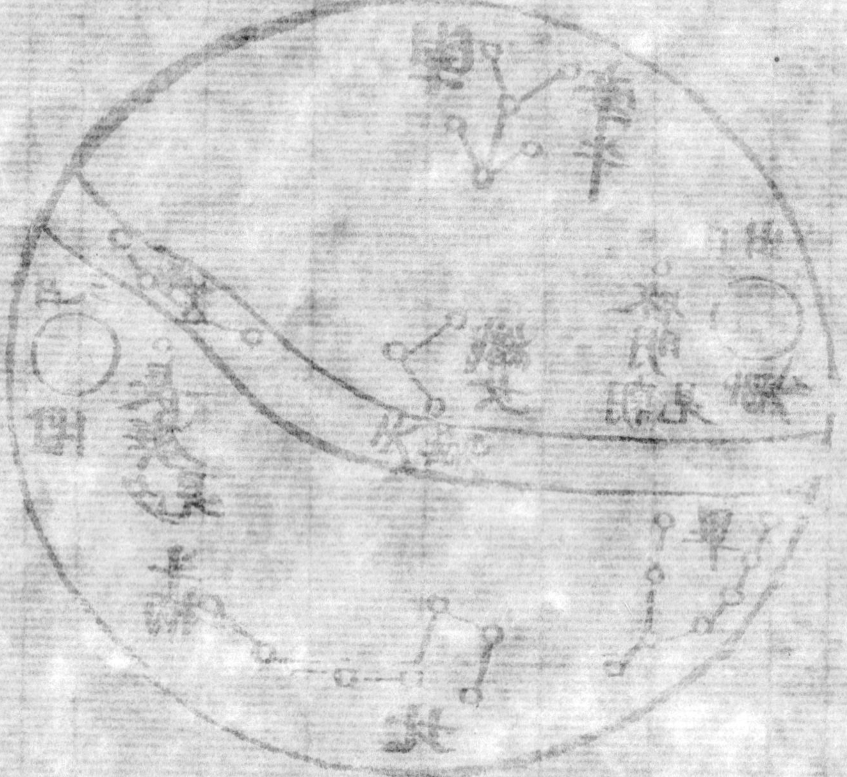

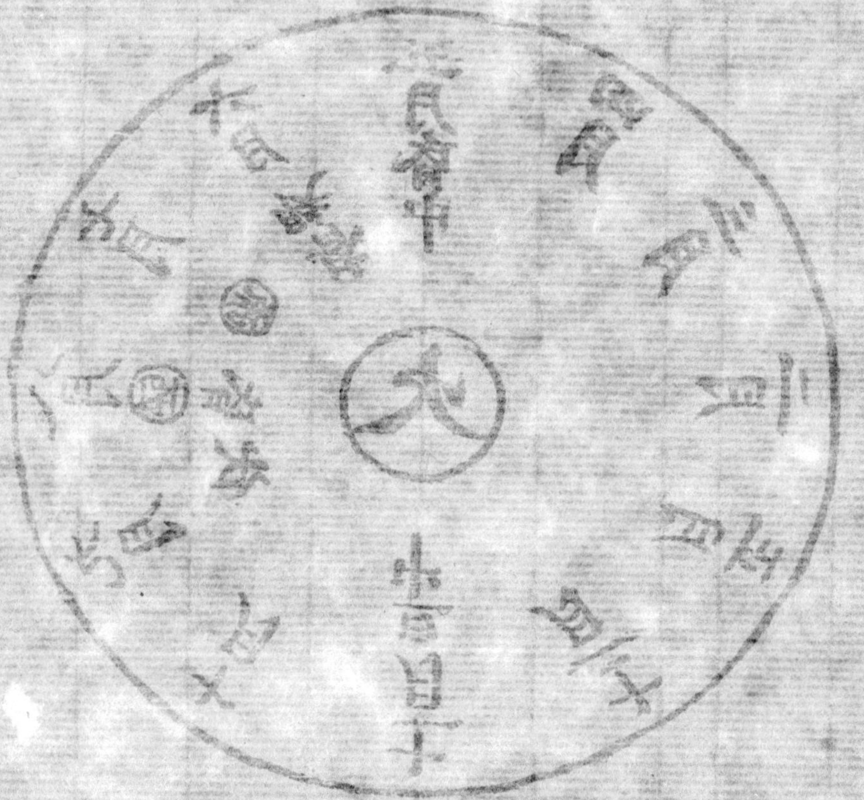

楚丘定之方中圖

定此方之宿營室星也此星昏而正中夏正十月也建亥之月小雪中氣之時於是時可以營制宫室故謂之營室衛爲狄所滅文公徙居楚丘營立宫室樹八尺之臬而度其日出入之景以定東西又參日中之景以正南北也

公劉相陰陽圖

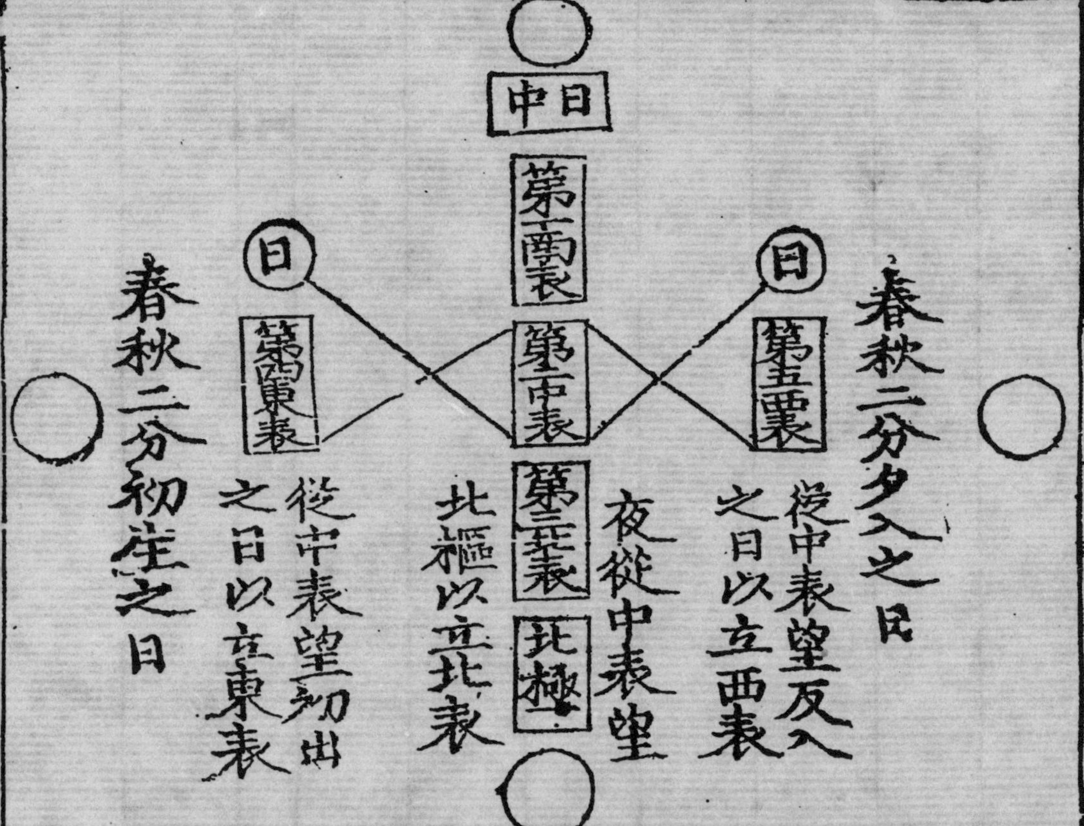

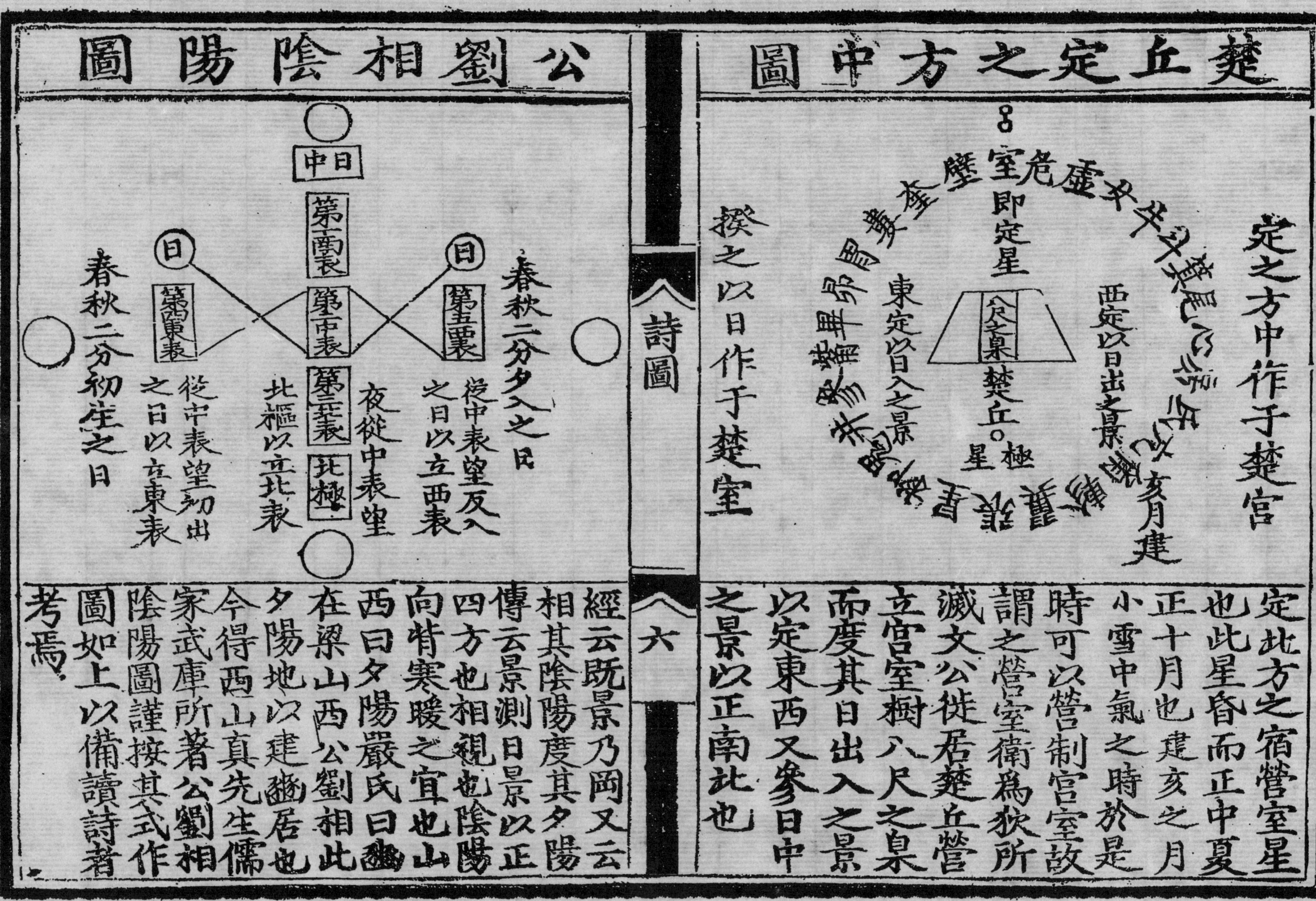

經云既景乃岡又云相其陰陽度其夕陽傳云景測日景以正四方也相視也陰陽向背寒暖之宜也山西曰夕陽嚴氏曰豳在梁山西公劉相此夕陽地以建豳居也今得西山真先生儒家武庫所著公劉相陰陽圖謹按其式作圖如上以備讀詩者考焉

詩圖

公劉相陰陽圖

經云既景乃岡又云
相其陰陽度其夕陽
傳云[illegible]測日景以正
四方也[illegible]
向背[illegible]之宜也山
西曰夕陽[illegible]
[illegible]

揆日定之方中圖

[illegible]

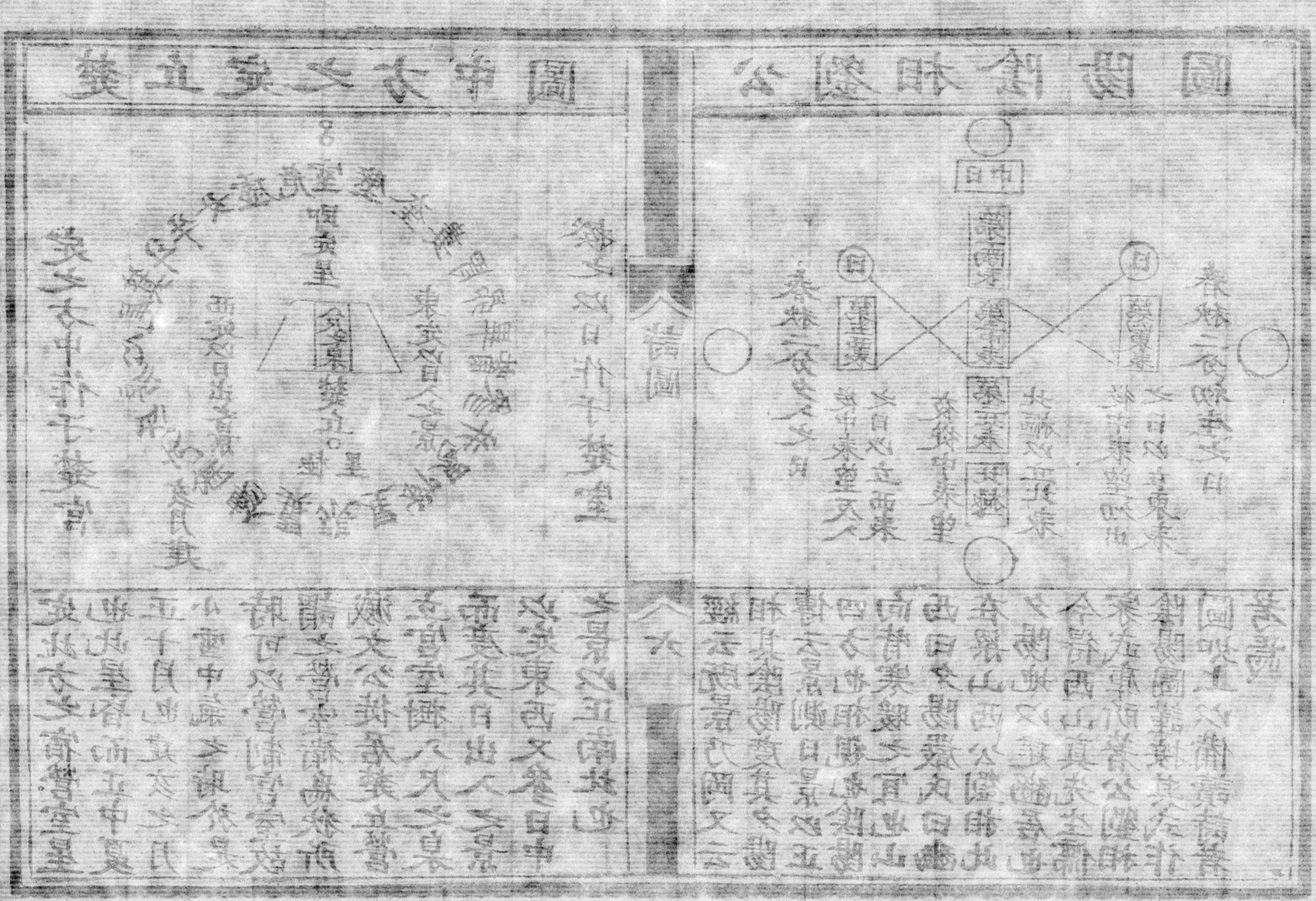

豳公七月風化之圖

○謹按 朱子集傳所載王氏總論七月之義一段分布爲圖。

仰觀星日霜露之變，俯察昆蟲草木之化，以知天時，以授民事。女服事乎內，男服事乎外。上以誠愛下，下以忠利上。養老而慈幼，食力而助弱。其祭祀也時，其燕饗也節。

一之日：觱發　于貉　取彼狐狸爲公子裘

二之日：栗烈　鑿冰沖沖　其同　載纘武功　言私其豵　獻豜于公

三之日：納于凌陰　于耜

四之日：舉趾　同我婦子　饁彼南畝　其蚤獻羔祭韭

春日載陽　春日遲遲　有鳴倉庚　[illegible]求柔桑　[illegible]取[illegible]以伐遠揚

四月：秀葽

五月：鳴蜩　斯螽動股

六月：莎雞振羽　食鬱及薁

七月：流火　鳴鵙　在野　食瓜　亨葵及菽

八月：萑葦　在宇　載績　載玄載黃　其穫　我朱孔陽　爲公子裳　斷壺　剝棗

九月：肅霜　在戶　授衣　築場圃　叔苴　采荼薪樗　食我農夫

十月：隕蘀　蟋蟀入我牀下　滌場　穹窒熏鼠　塞向墐戶　嗟我婦子曰爲改歲入此室處　穫稻　納禾稼　嗟我農夫　我稼既同　上入執宮功　晝爾于茅　宵爾索綯　亟其乘屋　爲此春酒　以介眉壽　朋酒斯饗　曰殺羔羊　躋彼公堂　稱彼兕觥　萬壽無疆

一之日謂一陽之月，二之日謂二陽之月，變月言日，言是月之日也。餘放此。○張氏曰：七月之詩，皆以夏正爲斷。曹氏曰：公劉正當夏時，所用者夏正也。○謹按：詩中載一歲事，獨闕三月。嘗觀二章春日載陽至殆及公子同歸，及三章蠶月條桑至猗彼女桑，皆不言何月。今摘其辭，布於二月四月之間，非敢遷以爲三月也，特以備見豳風春日之事云。

冠服圖

冔

文王

冠名殷曰冔周曰冕黼冔黼裳而冔冠也

臺笠

都人士

臺夫須也即莎草也古注謂以夫須皮爲笠所以禦暑禦雨

弁

淇奧

會弁如星會縫中也玊之皮弁縫中每貫結五采玉十二以爲飾武公諸侯則玉用三采

緇撮

都人士

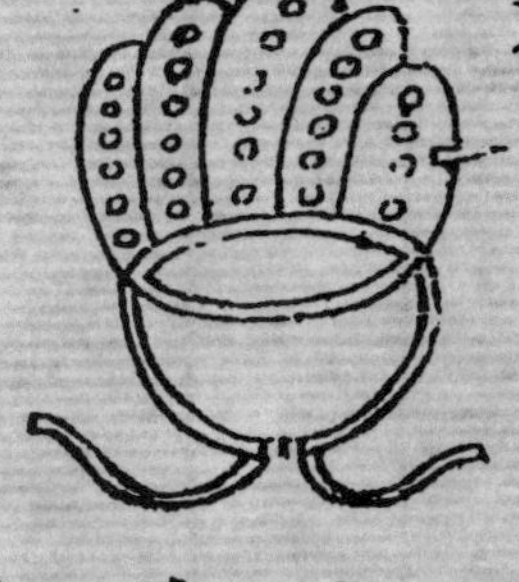

緇布冠也撮者其制小僅可撮其髻也古注云太古冠

衣裳圖

衮衣

九罭

繪龍山華蟲火宗彝五章天子之龍一升一降上公但有降龍龍首卷然故謂之衮

羔裘豹飾

唐羔裘

君純羔大夫以豹飾祛褎祛褎皆袂也然袂大而祛袖小

狐裘

檜羔裘

錦衣狐裘朝天子之服蘇氏曰此狐裘狐白裘也

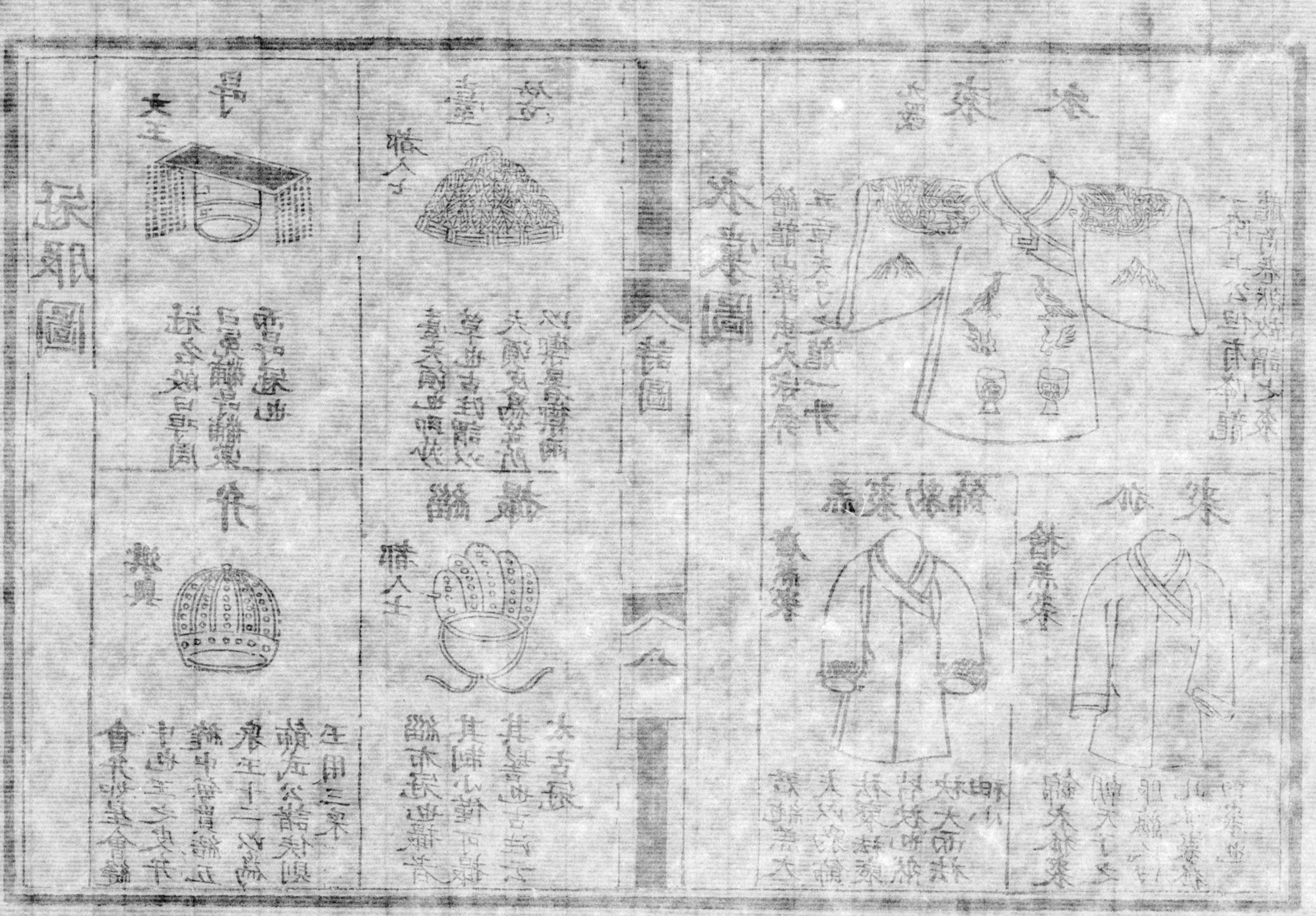

九罭

繡裳

五色備謂之繡前三幅後四幅繡以藻粉米黼黻四章

君子偕老

瑱

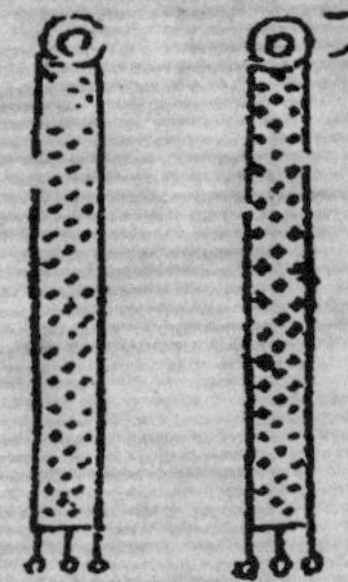

正義註云瑱塞耳也充耳是以天子以玉諸侯以石充耳以紞懸瑱當耳也紞用絲線織之天子諸侯五色臣三色君子偕老篇瑱言夫人服飾

候人 采菽 素冠

芾 鞸

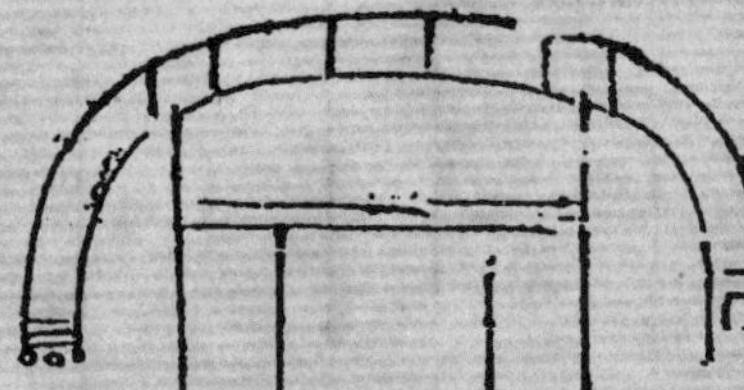

芾太古蔽膝之象字當作韍古字通用冕服謂之芾其他服謂之鞸以韋為之

采菽

邪幅

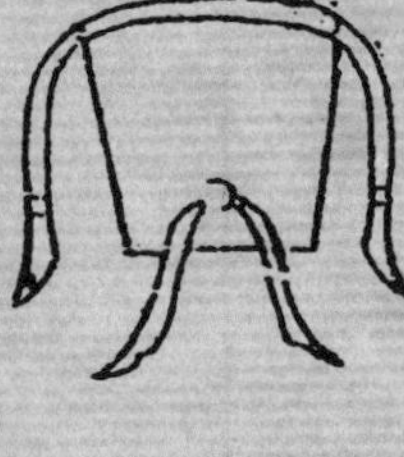

邪幅偪也邪纏於足如今行縢偪束其脛

佩用之圖

女曰雞鳴

雜佩

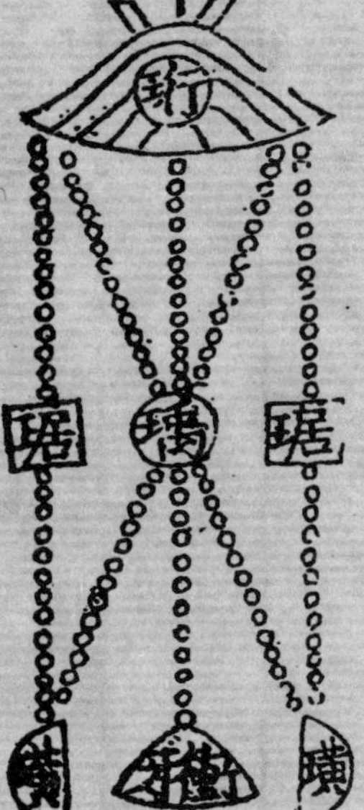

雜佩者左右佩玉也上橫曰珩繫三組貫以蠙珠中組之半貫瑀末懸衝牙兩旁組各懸琚璜又兩組交貫於瑀上繫珩下繫璜行則衝牙觸璜而有聲也

芄蘭

觿

狀如錐角以象骨為之所以解結

芄蘭

韘

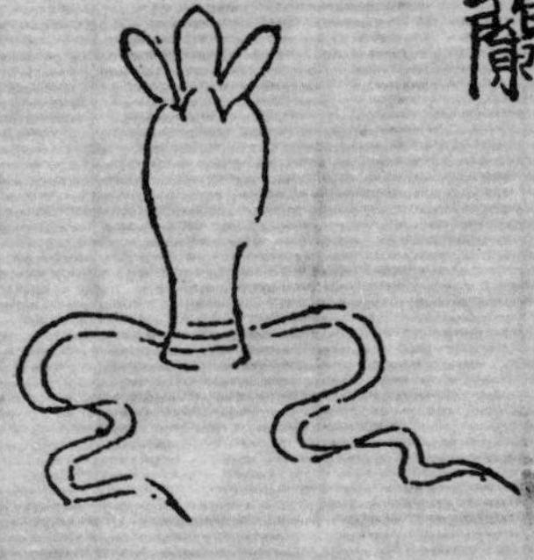

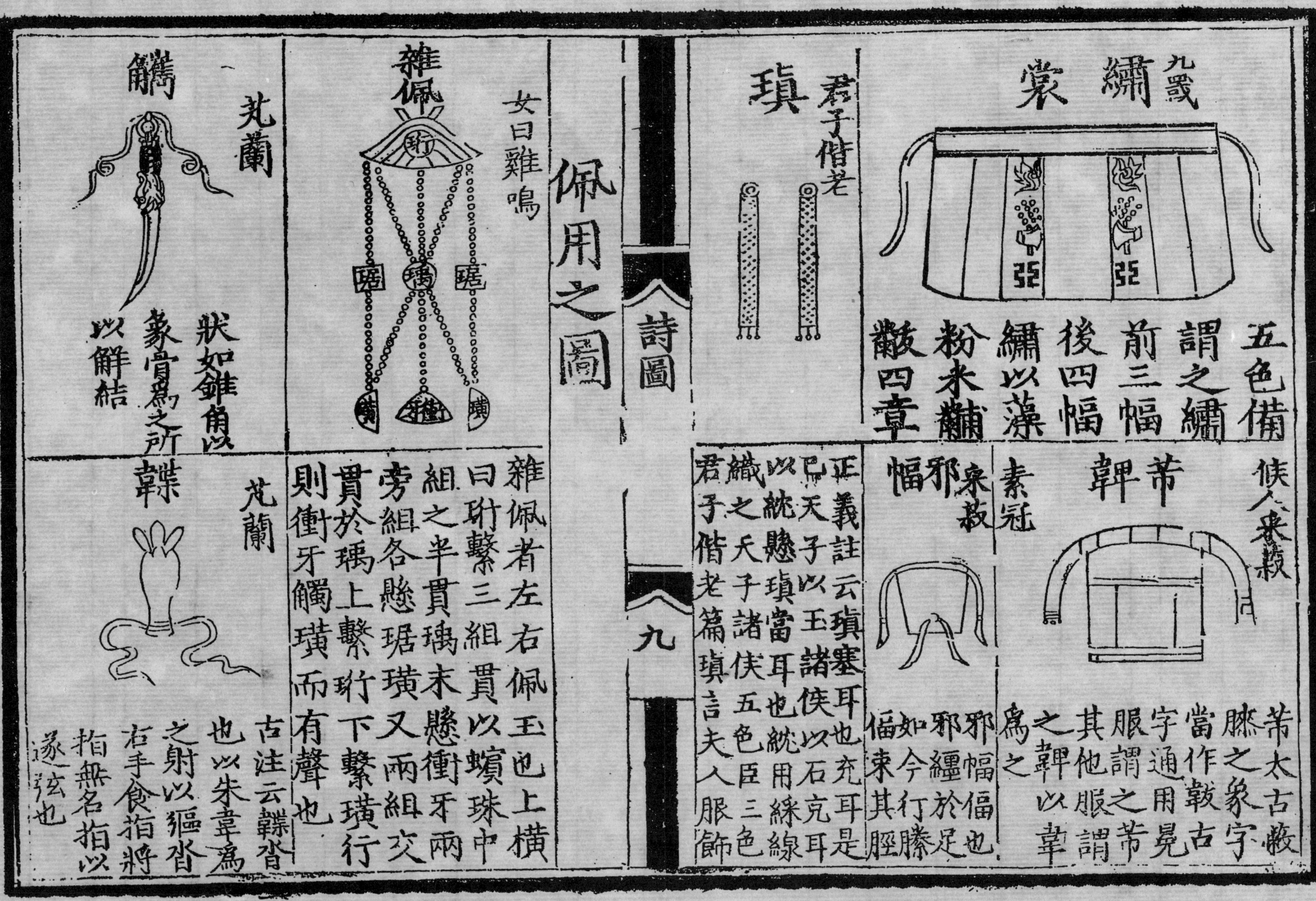

古注云韘沓也以朱韋為之射以彄沓右手食指將指無名指以遂弦也

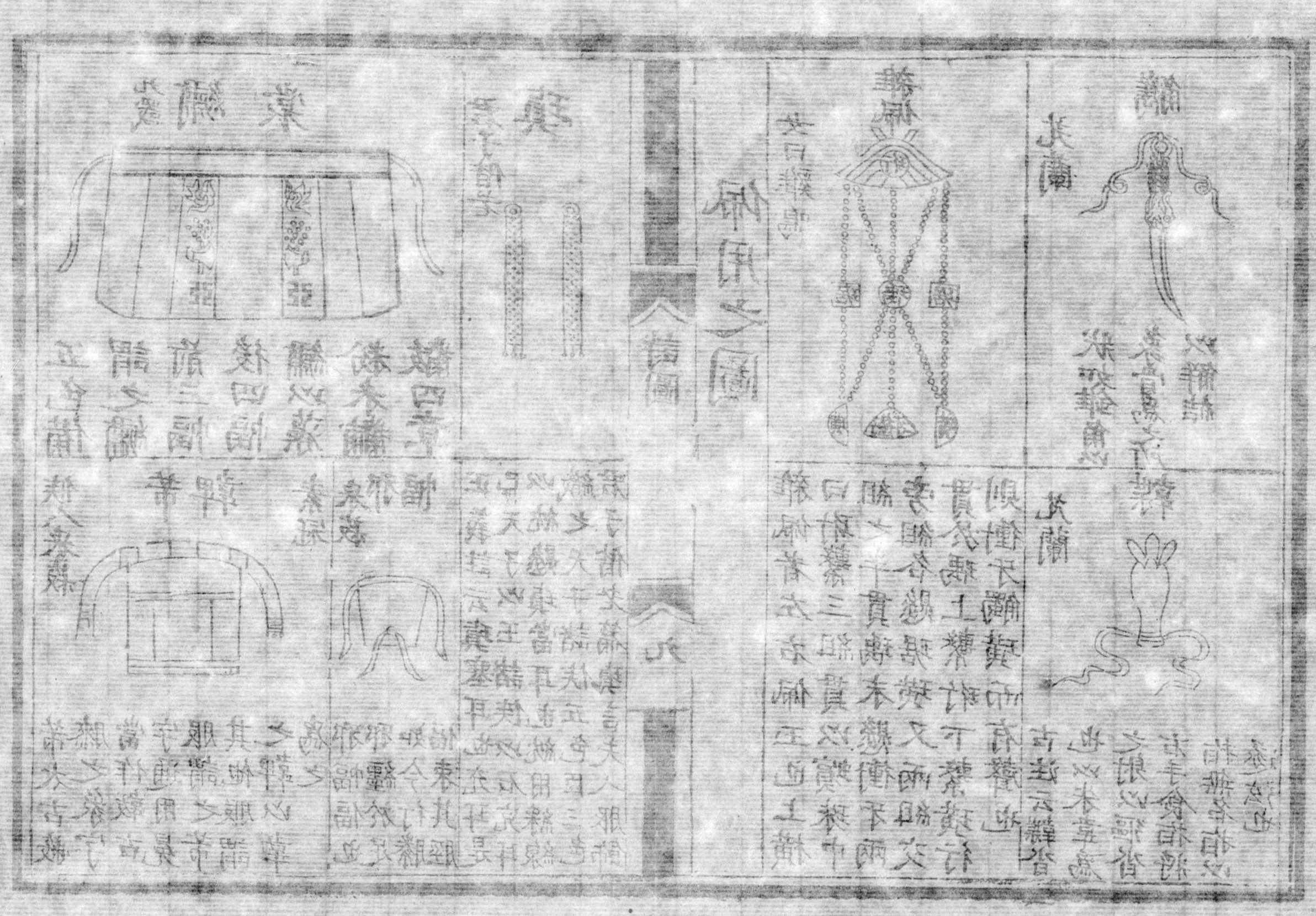

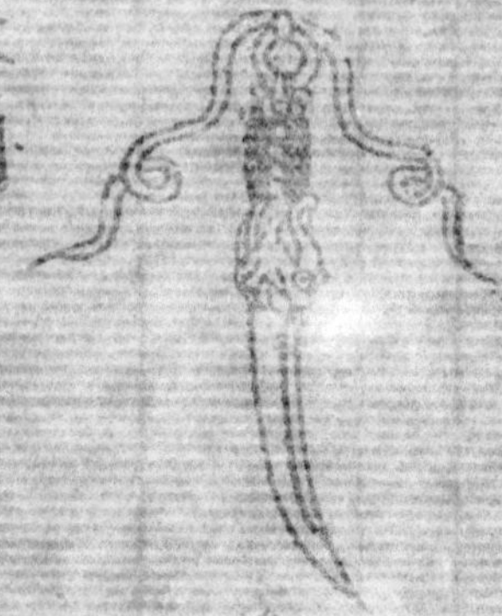

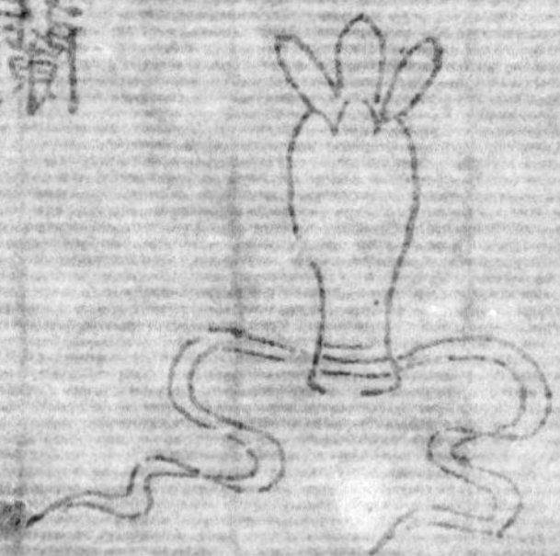

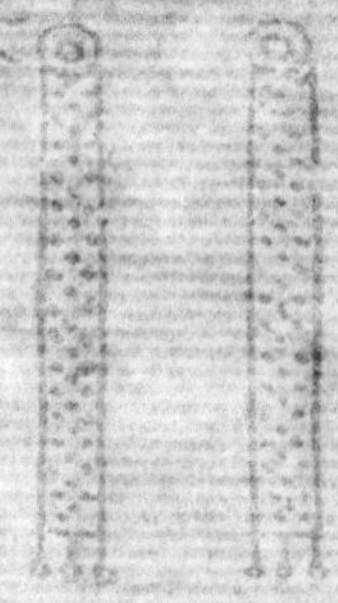

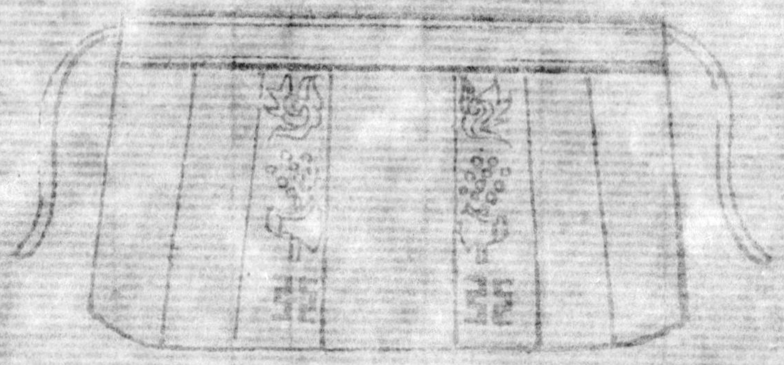

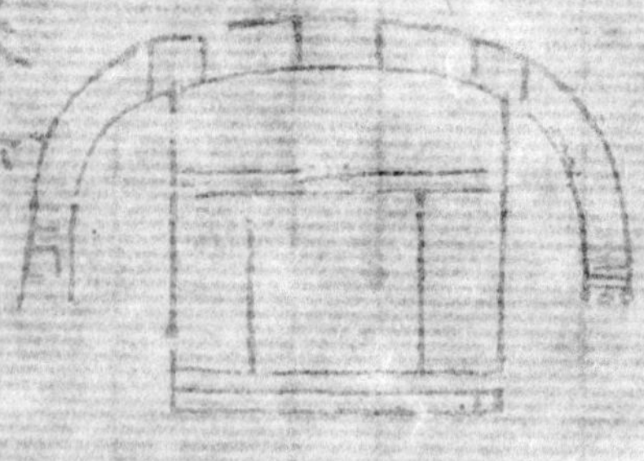

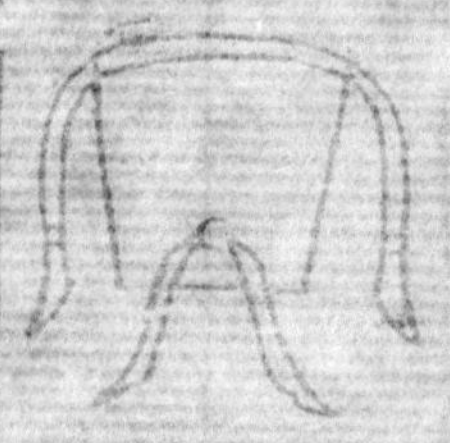

禮器圖

東山

縭

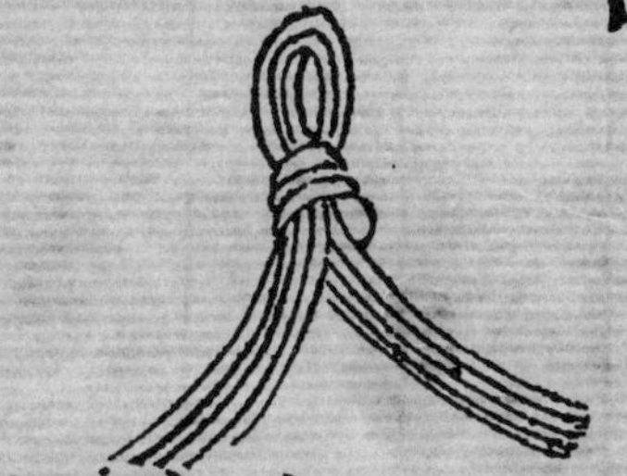

爾雅云婦人之褘謂之縭孫氏云褘帨巾也故集傳曰婦人之褘母戒女而為之施衿結帨也

君子偕老

笄

說文簪也其端刻雞形

伐柯

籩

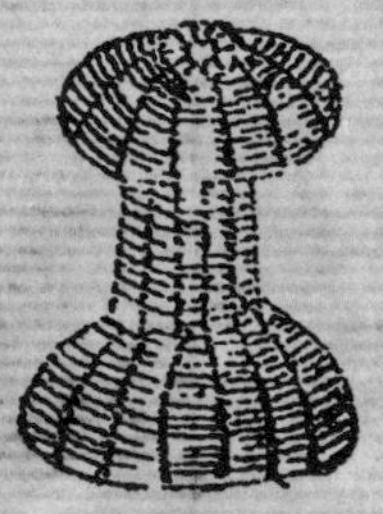

竹為之以薦果核容四升

野有死麕

帨

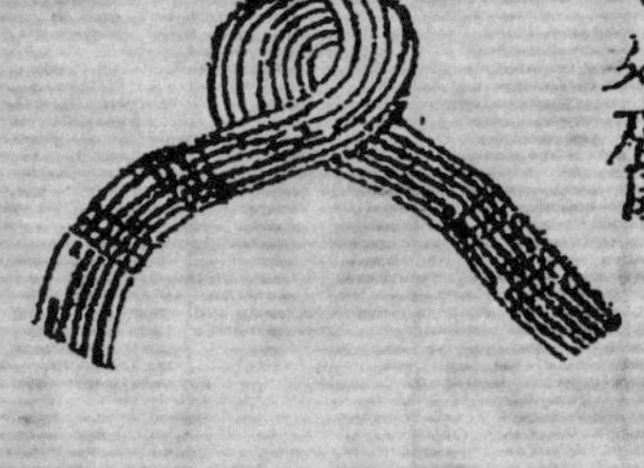

禮記婦事舅姑左佩紛帨注紛帨拭手之巾也

君子偕老

揥

揥所以摘髮以象骨為之若今之篦兒

伐柯

豆

木為之以薦葅醢容四升

楚茨

俎

木為之以載牲體大房半體之俎足下有跗如堂房也

生民

登

瓦器如豆以薦大羹徑尺八寸高二尺四寸

行葦

斝

爵也夏曰醆殷曰斝周曰爵孔氏曰斝畫禾稼

權輿

簠

瓦器以盛黍稷容斗二升方曰簠圓曰簋

簡兮

爵

飲器受一升上兩柱取飲不盡之義戒其過也木爵王爵同制

卷耳

罍

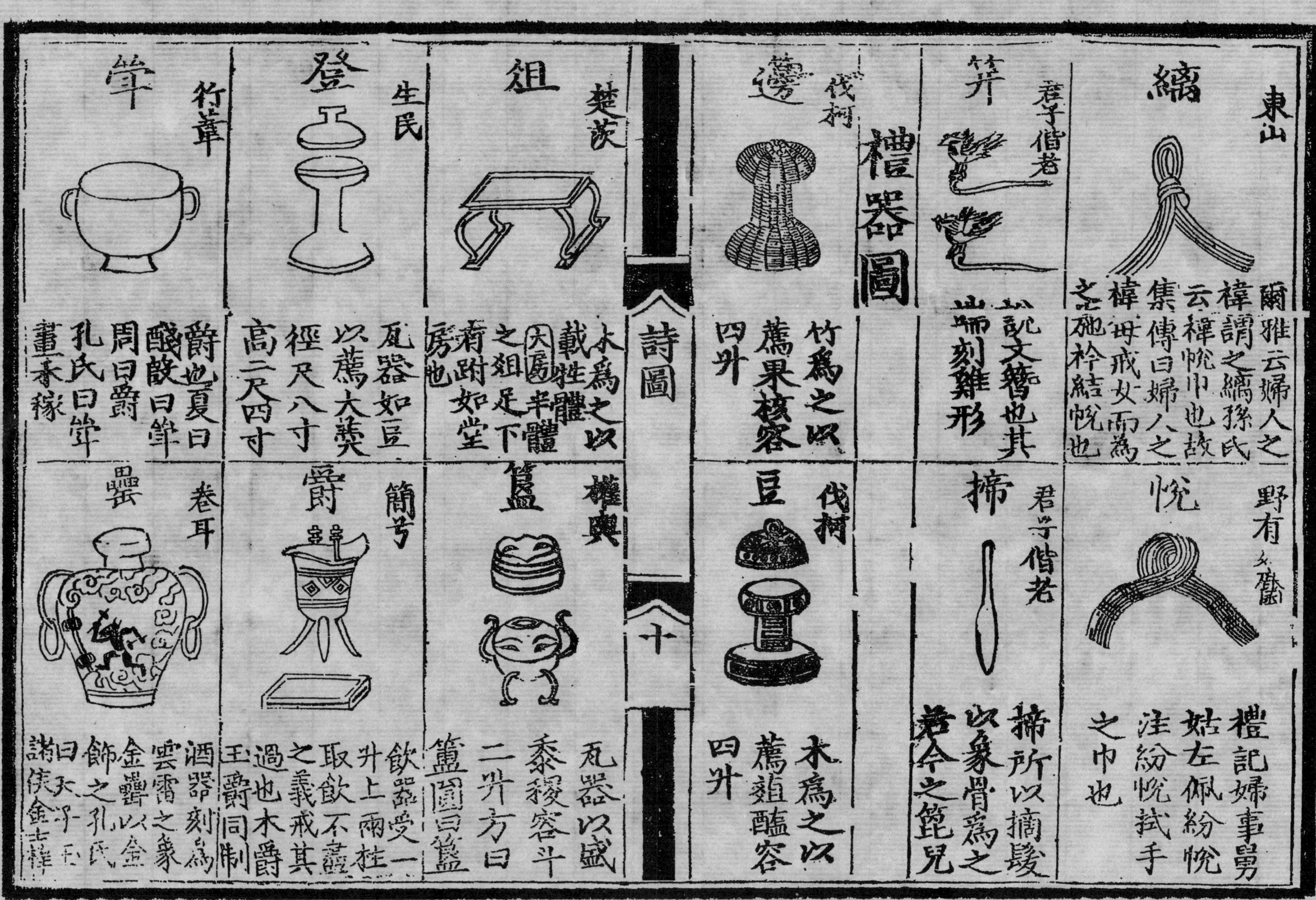

酒器刻為雲雷之象金罍以金飾之孔氏曰天子玉諸侯金士梓

閟宮

犧尊

畫牛於尊腹也或曰尊作牛形鑿其背以受酒也

江漢

秬

鬯

鬱鬯

秬黑黍也鬱鬱金草鬯暢也釀秬黍爲酒築鬱金草煑而和之使芬芳條暢酌而裸神也黃流在中鬱鬯也

韓奕

壺

圜器

禮器注壺大一石

江漢

卣

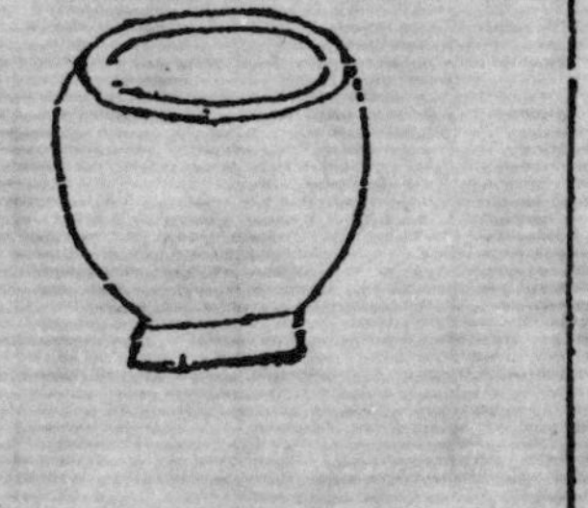

卣中尊孫炎云尊彝爲上罍爲下卣居中郭璞云卣受五升

閟宮

楅衡

楅衡施於牛角所以止觸周禮云凡祭飾其牛牲設其楅衡

圭

桓圭 信圭 躬圭

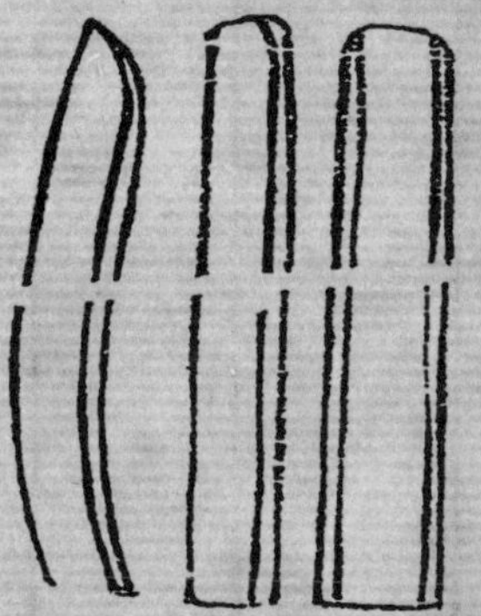

璧

穀璧

蒲璧

旱麓

圭瓚

棫樸

璋瓚

江漢

韓奕介圭諸侯之封圭執之爲贄以合瑞於王也曹氏曰周官典瑞五等諸侯各執其圭璧公執桓圭侯執信圭伯執躬圭子執穀璧男執蒲璧以朝覲宗遇會同于王○雲漢圭璧禮神之玉也孔氏曰大宗伯以蒼璧禮天黃琮禮地青圭禮東方赤璋禮南方白琥禮西方玄璜禮北方圭璧其總稱也

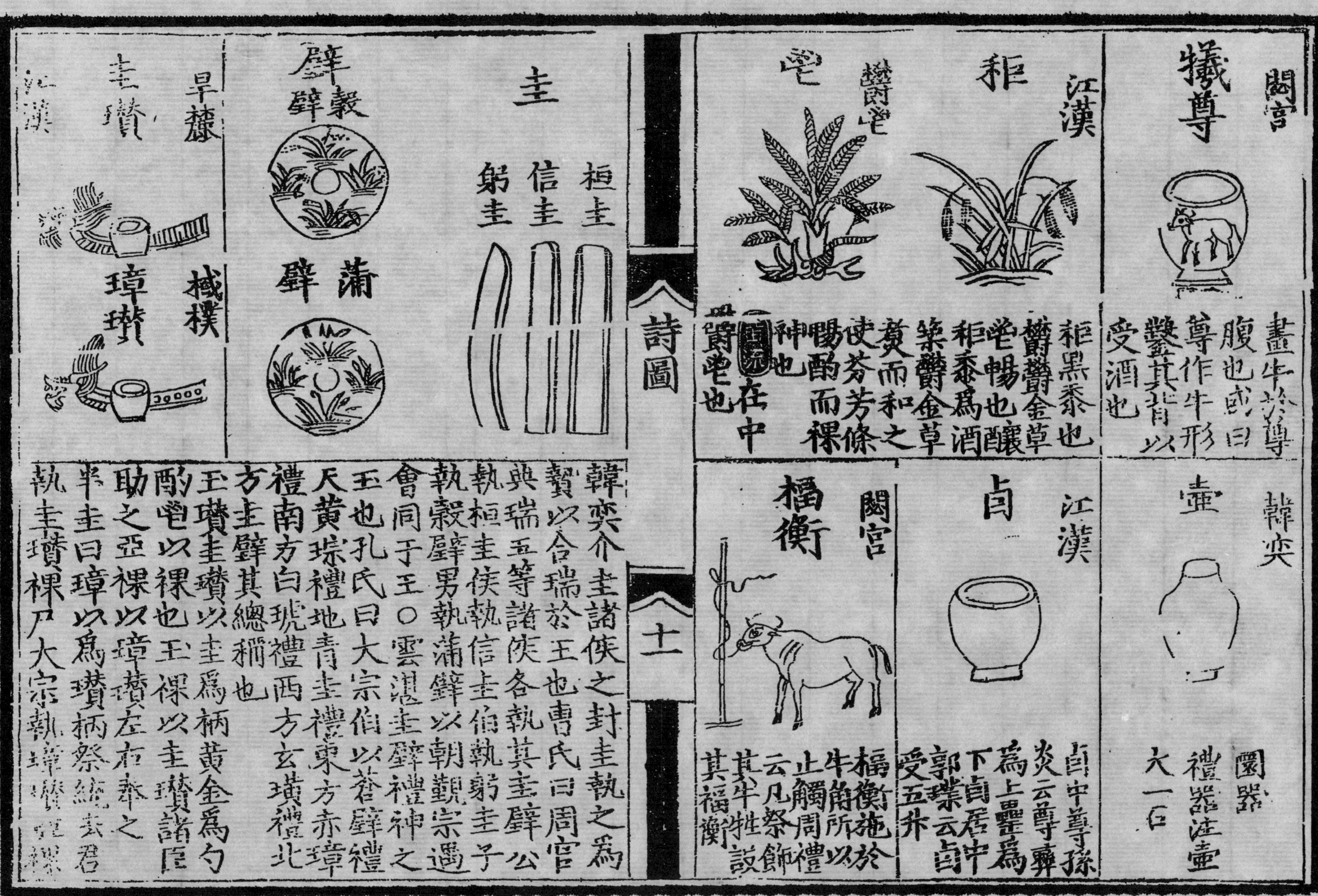

王瓚圭瓚以圭爲柄黃金爲勺酌鬯以裸也王裸以圭瓚諸臣助之亞裸以璋瓚左右奉之半圭曰璋以爲瓚柄祭統君執圭瓚裸尸大宗執璋瓚亞裸

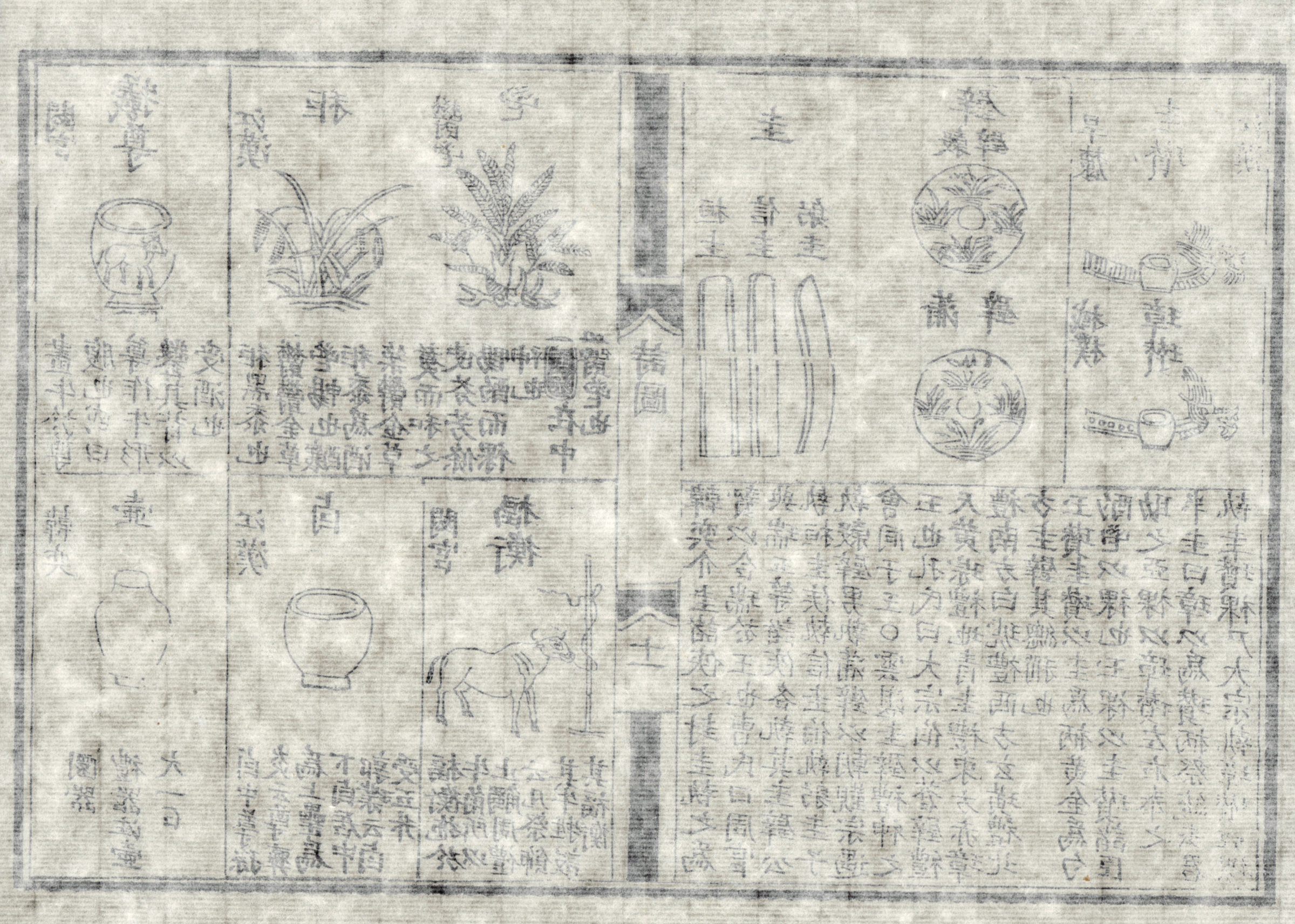

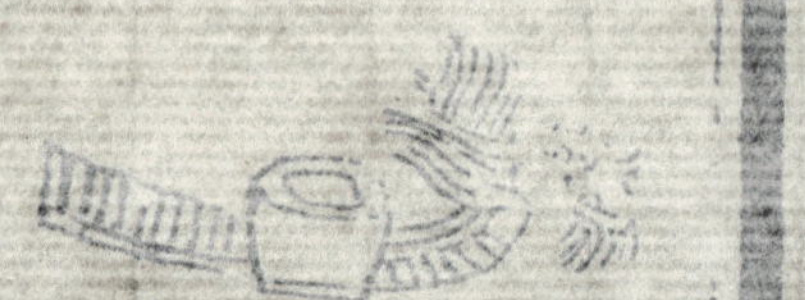

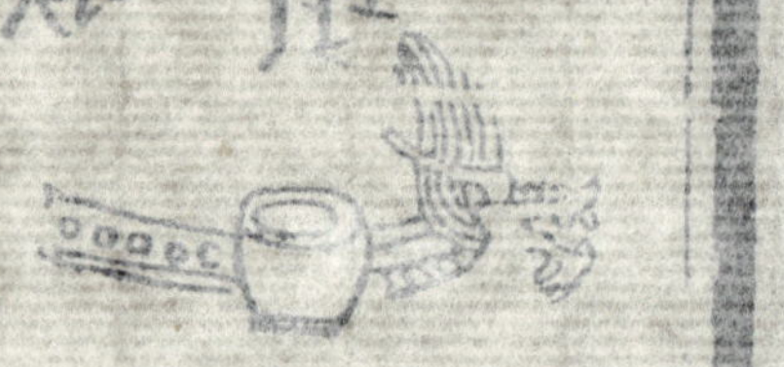

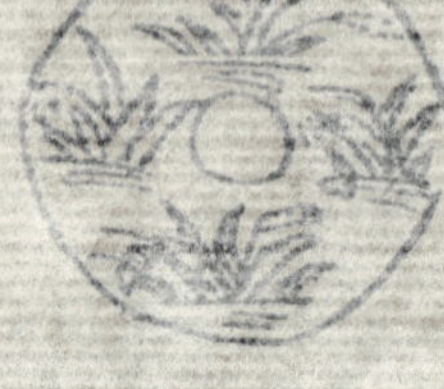

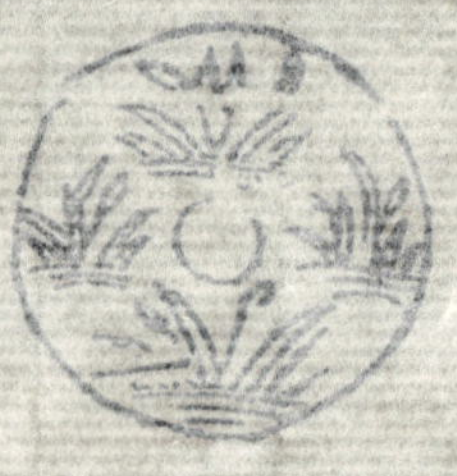

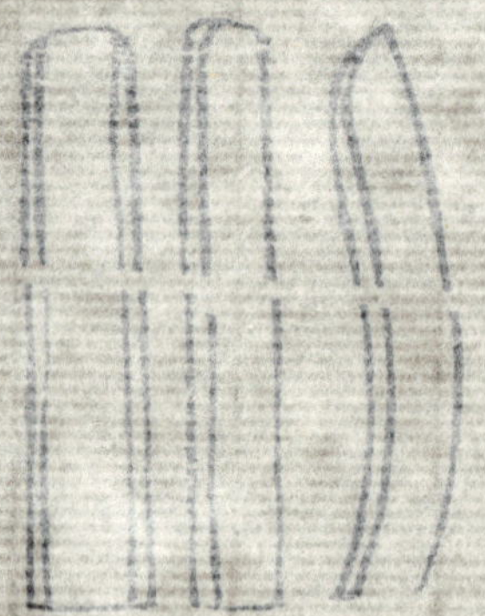

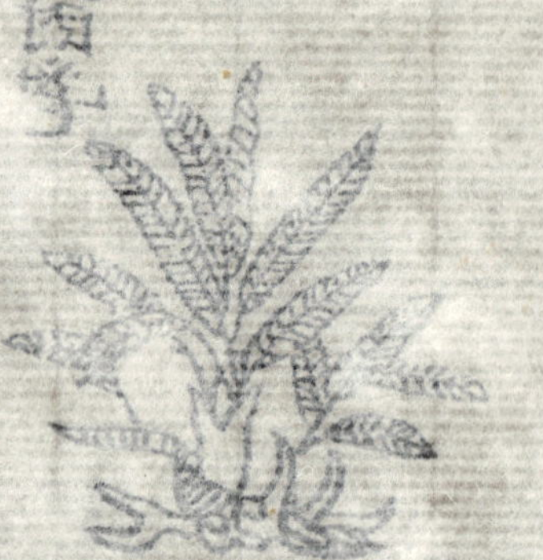

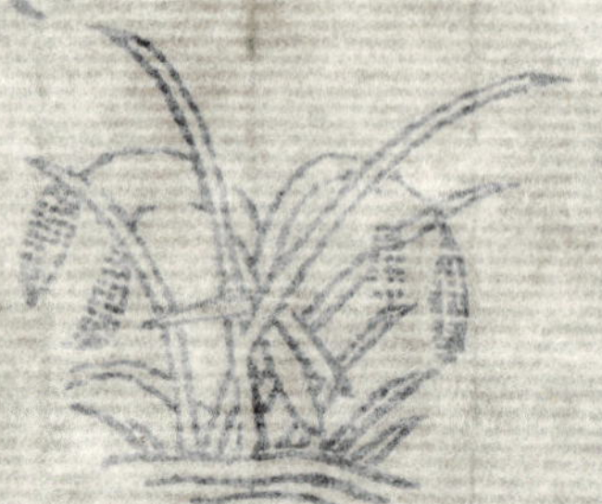

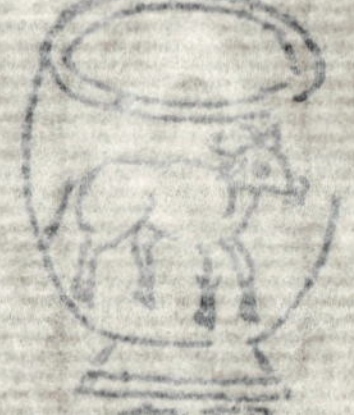

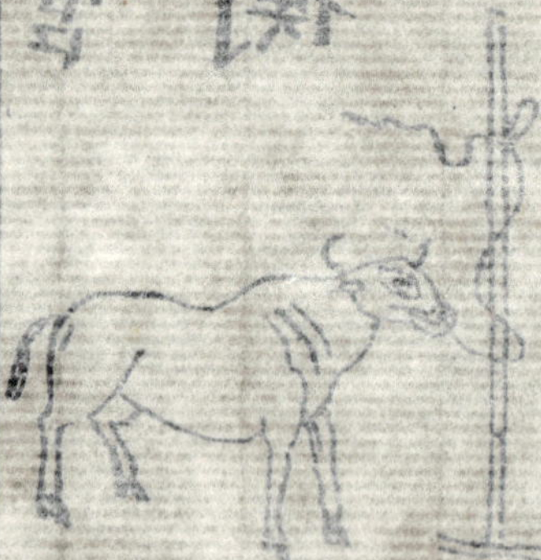

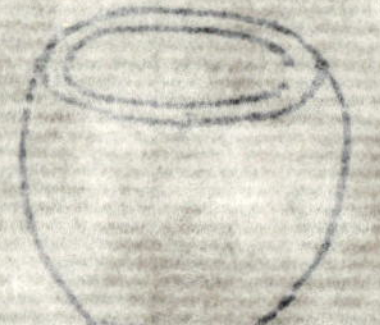

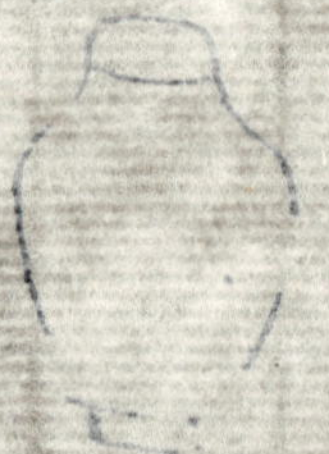

樂器圖

琴

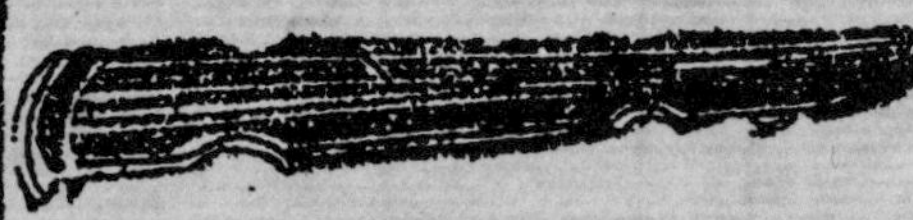

琴瑟皆絲屬琴長三尺六寸六分五弦後加文武二弦

瑟

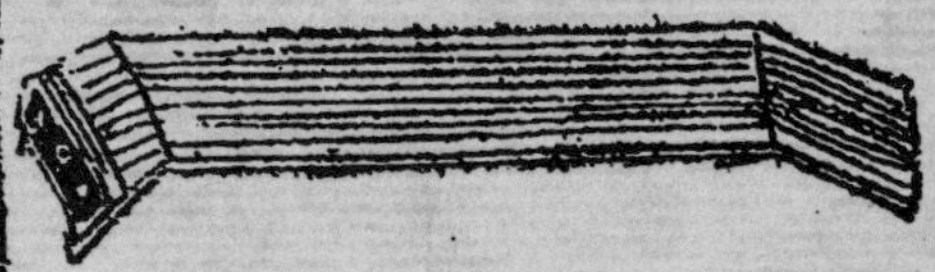

雅瑟長八尺一寸廣一尺八寸二十五弦其常用者十九弦頌瑟長七尺二寸廣一尺八寸廿五弦盡用

笙 簧

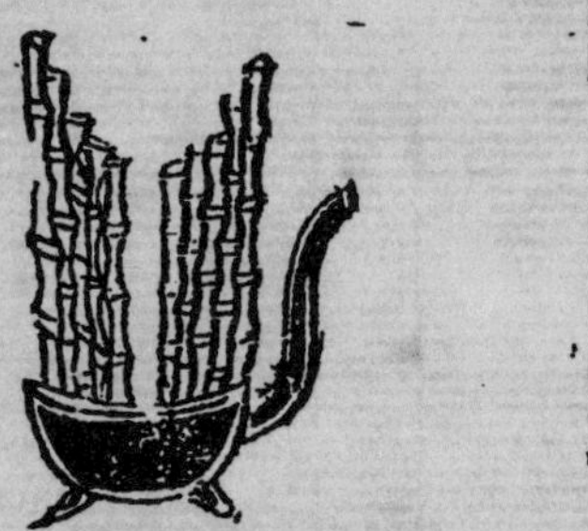

嚴氏曰笙以匏爲之十三管列匏中而施簧管端吹笙則鼓動其簧而發聲禮書云三十六簧大者十九簧小者十三簧

簫

有聲

簫編小竹管爲之王氏曰簫大者編二十三管長尺四寸小者十六管長尺二寸參差象鳳翼

管

有聲

管六孔如篴併兩而吹之者也篴今之笛也

柷

有聲

柷狀如漆桶以木爲之中有椎連底撞之令左右擊以起樂者

圉

圉狀如伏虎背上有二十七鉏鋙刻以木長尺櫟之以止樂者

籥

簡兮

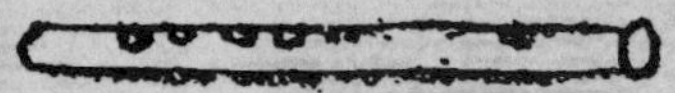

籥如笛而六孔或曰三孔而短主中聲而上下之

塤

何人斯

塤土爲之大如鵝子銳上平底似稱錘六孔

篪

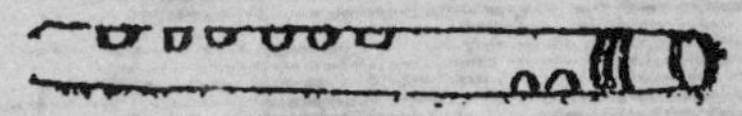

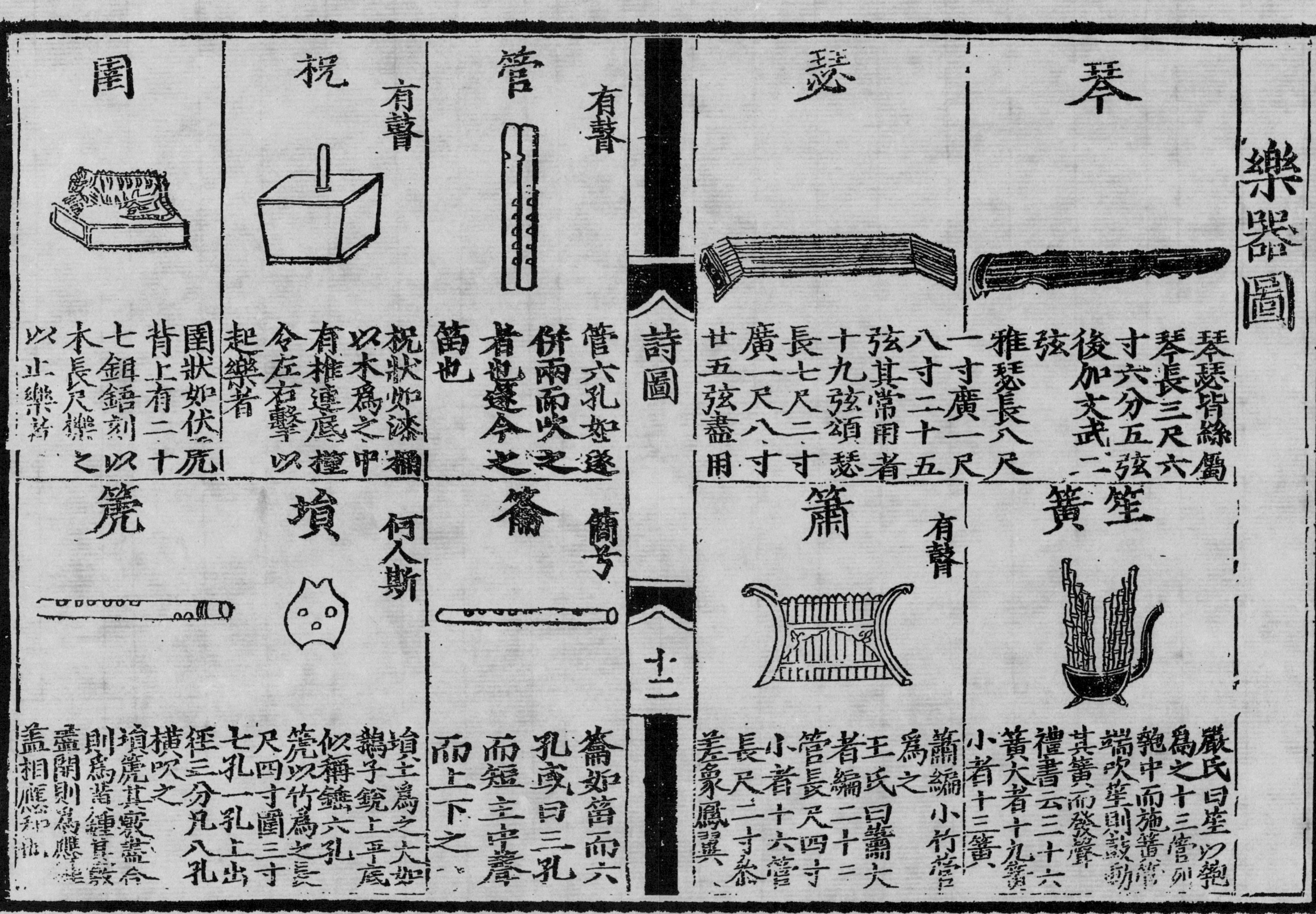

篪以竹爲之長尺四寸圍三寸七孔一孔上出徑三分凡八孔橫吹之塤篪其聲諧合則爲諧鍾其聲盡開則爲應鍾蓋相應和也

靈臺

鐘

磬

〔鐘〕金屬〔鎛〕大鍾也
〔磬〕石爲之
〔鼓〕革屬〔賁鼓〕大鼓也長八尺鼓四
尺中圍加三之一〔皐〕亦大鼓也
〔懸鼓〕周制也夏后氏足鼓殷楹
鼓周懸鼓〔鞉〕如鼓小有柄兩耳
持其柄搖之則傍耳還自擊○
〔句自書註〕華黍下〔[illegible]〕〔[illegible]〕禮
長壺篇鄭氏註魯鼓薛鼓其節
不同○□○○□□○□○○
□半○□○□○○○□□○
□○魯鼓○□○○○□□○
□○○□□○□○○□□半
○□○○□□○薛鼓○此魯
鼓薛鼓之節也負者擊鼙方者
擊鼓古者舉事鼓必有節聞其

有瞽

鼓

節則知其事矣○取半以下爲
投壺禮盡用之爲射禮又一說
魯鼓○□○○□□○○半○
□○□○○○○□○□○薛
鼓○□○○○○□○□○□
○○○□○□○○□半○□
○□○○○○□○此二者記
兩家之異故兼列之

虡

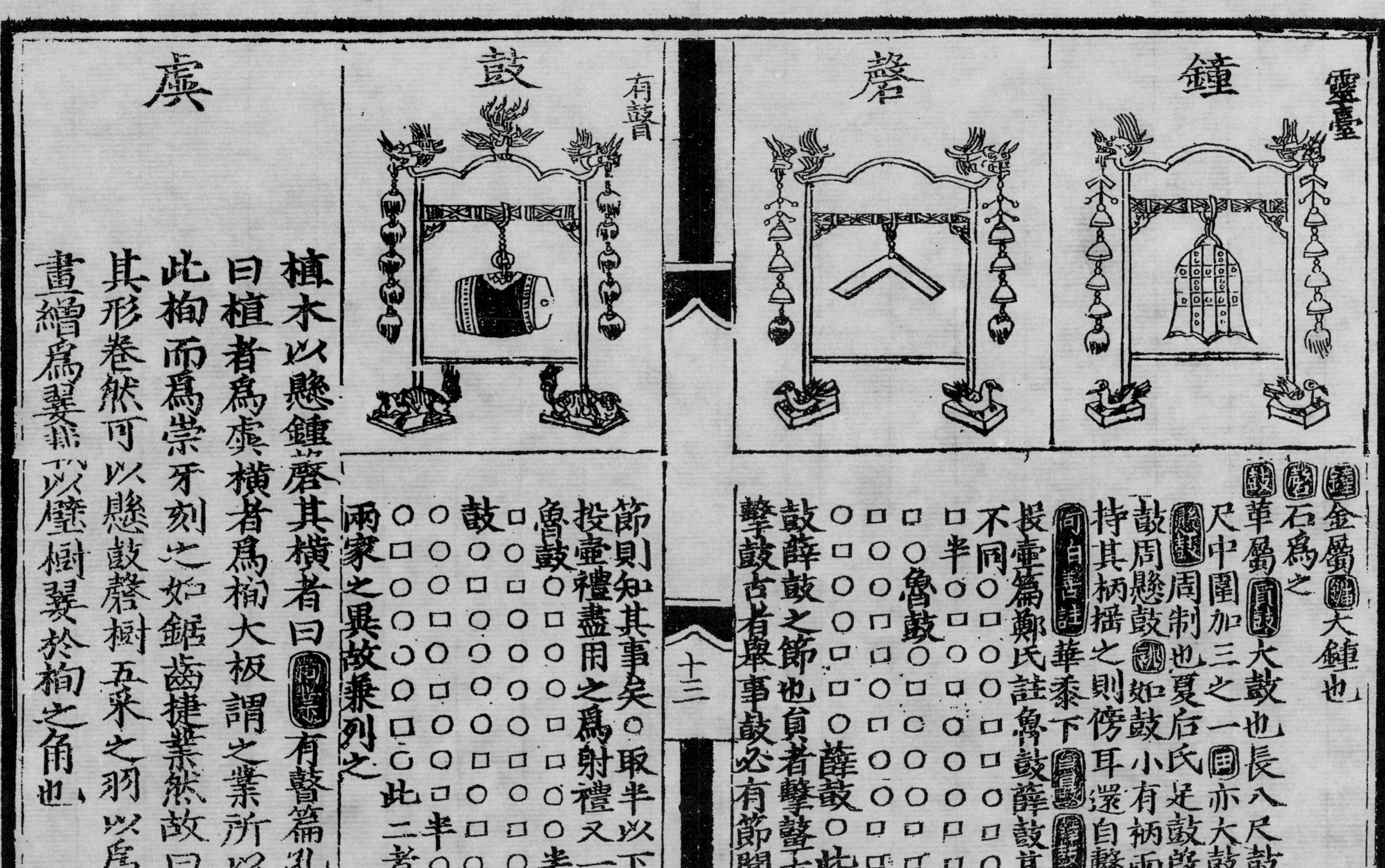

植木以懸鐘磬其橫者曰〔[illegible]〕有瞽篇孔氏
曰植者爲虡橫者爲栒大板謂之業所以飾
此栒而爲崇牙刻之如鋸齒捷業然故曰業
其形卷然可以懸鼓磬樹五采之羽以爲文
畫繒爲翣戴以璧樹翣於栒之角也

雜器圖

鼎

絲衣

鼎有牛羊豕三鼎皆以銅爲之三足有鉉

錡

采蘋

有足曰錡

釜

無足曰釜

升

椒聊

斗

千二百黍爲龠十龠爲合十合爲升十升爲斗

鬵

匪風

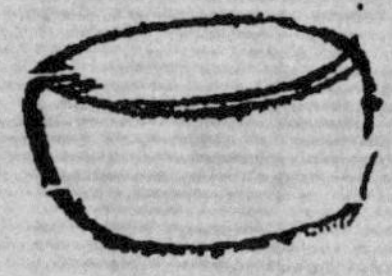

釜屬李巡云上大下小曰鬵孫炎曰甑者非

缶

宛丘

瓦器可以節樂又飲器易尊酒簋貳用缶又汲器左氏具綆缶

筐　筥

采蘋

筐筥皆竹器方曰筐圓曰筥

車制之圖

輪

伐檀

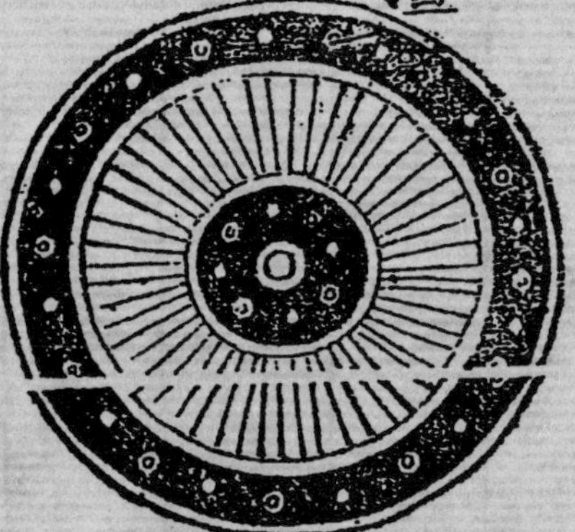

兵車之輪六尺六寸田車之輪六尺三寸在輿之外

輻

伐檀

輻三十以象日月也

轂

小戎

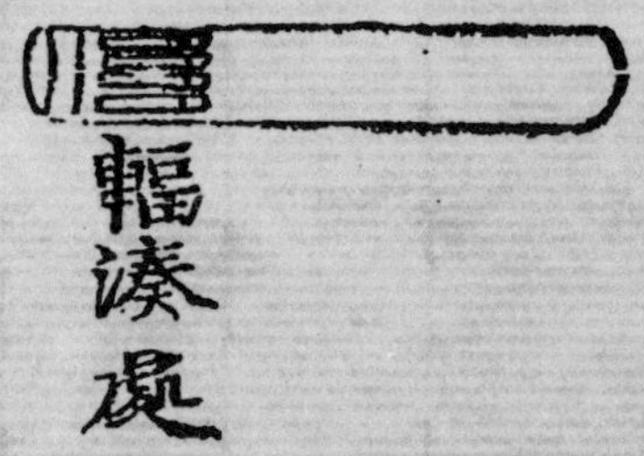

轂在車輪之中外持輻内受軸長三尺二寸徑一尺

輈

小戎

車前曲木上句衡者謂之輈亦曰轅禮記車制圖云輈長一丈四尺四寸亦曰轅通謂之輈

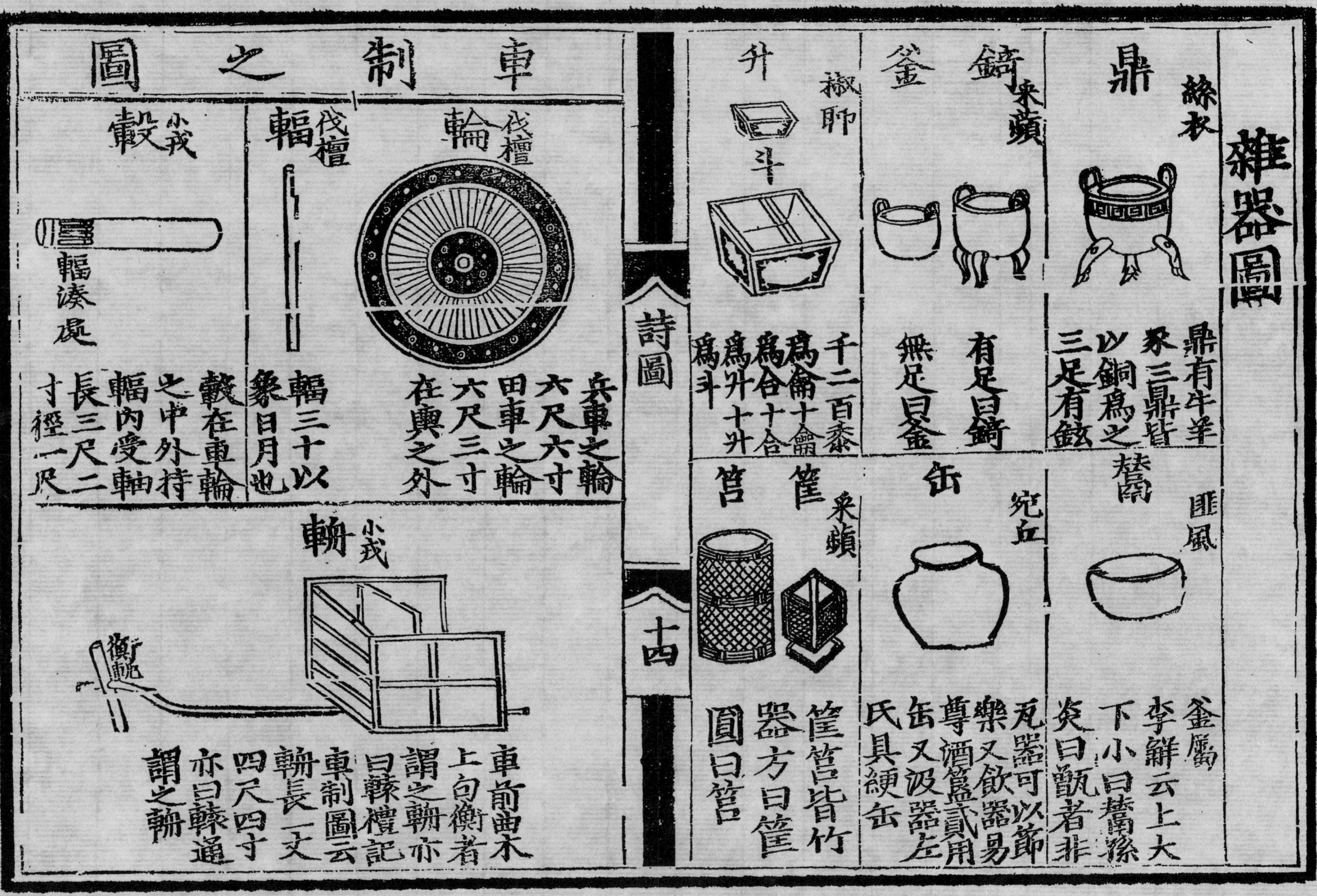

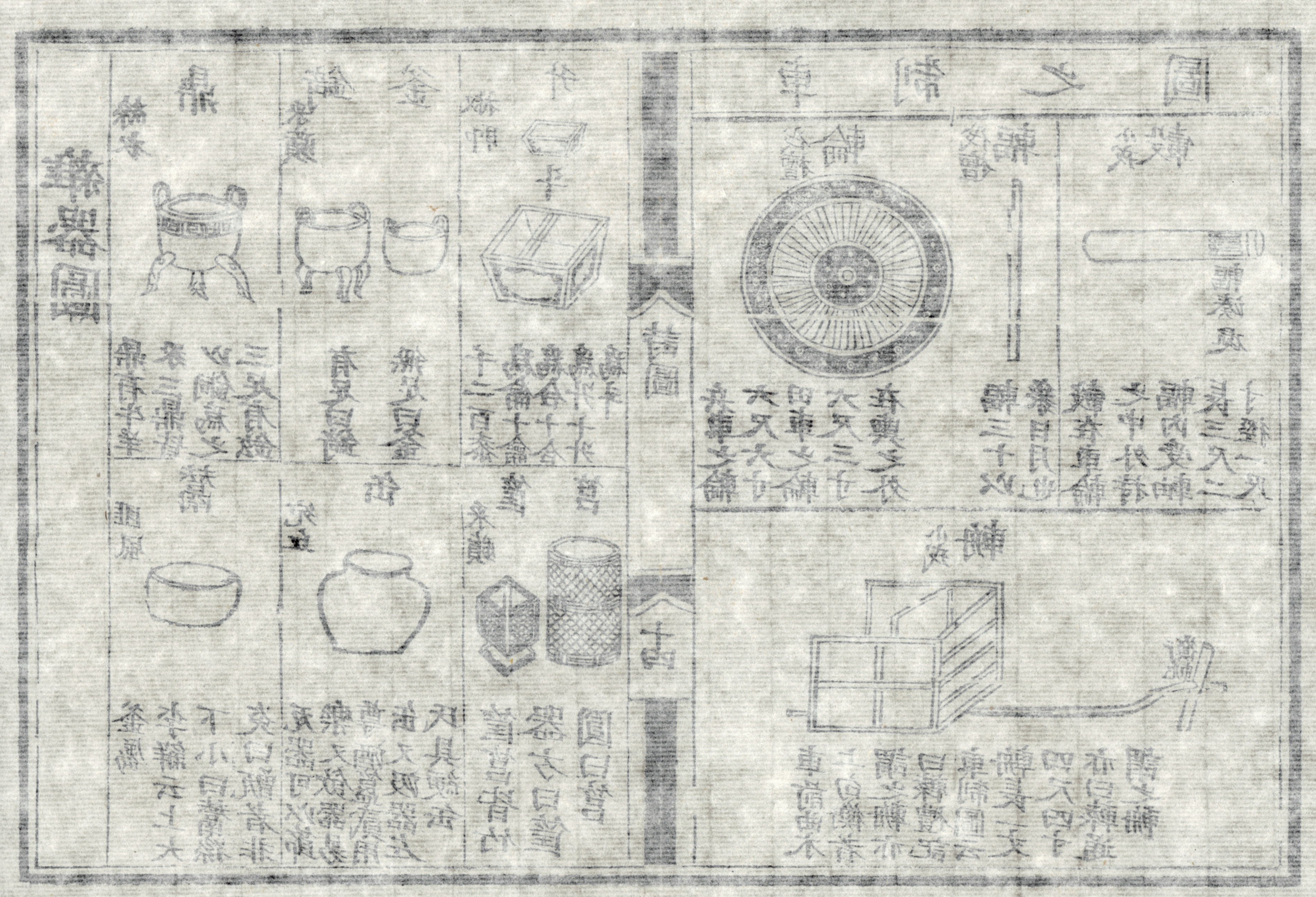

六月周元戎圖

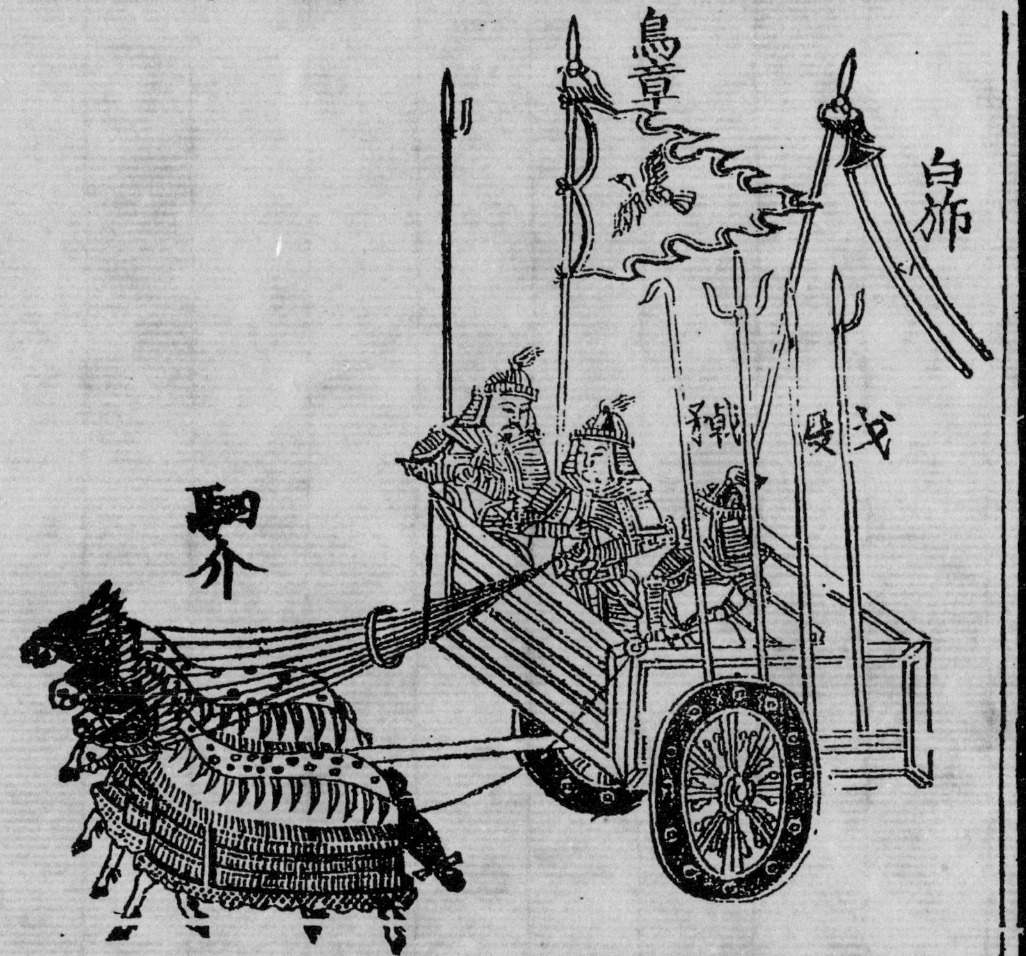

元戎十乘以先啓行元大也戎戎車先軍之前鋒也元戎甲士三人同載左持弓右持矛中御戈殳戟矛揷於輢幟畫鳥隼之章

秦小戎圖

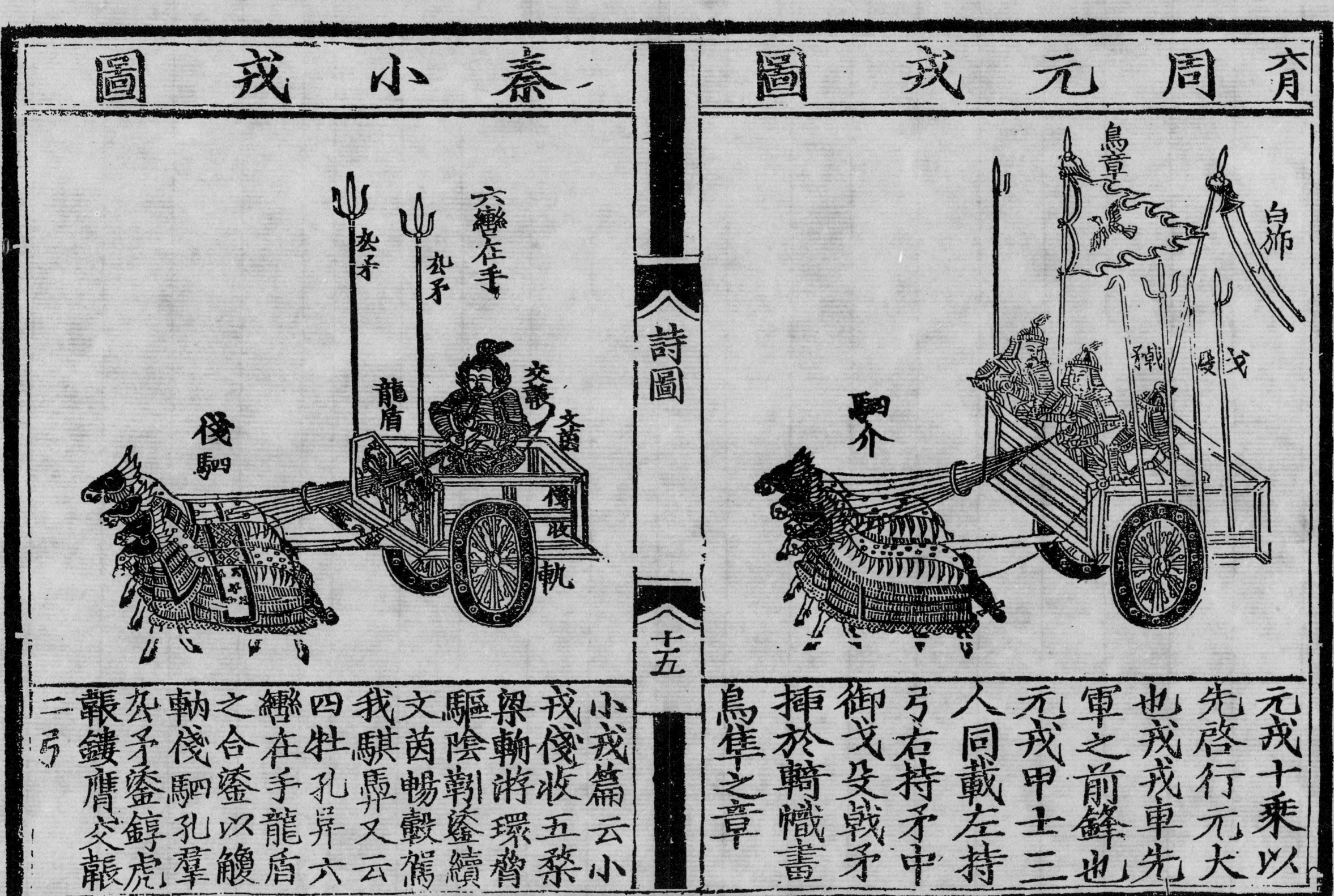

小戎篇云小戎俴收五楘梁輈游環脅驅陰靷鋈續文茵暢轂駕我騏馵又云四牡孔阜六轡在手龍盾之合鋈以觼軜俴駟孔羣厹矛鋈錞虎韔鏤膺交韔二弓

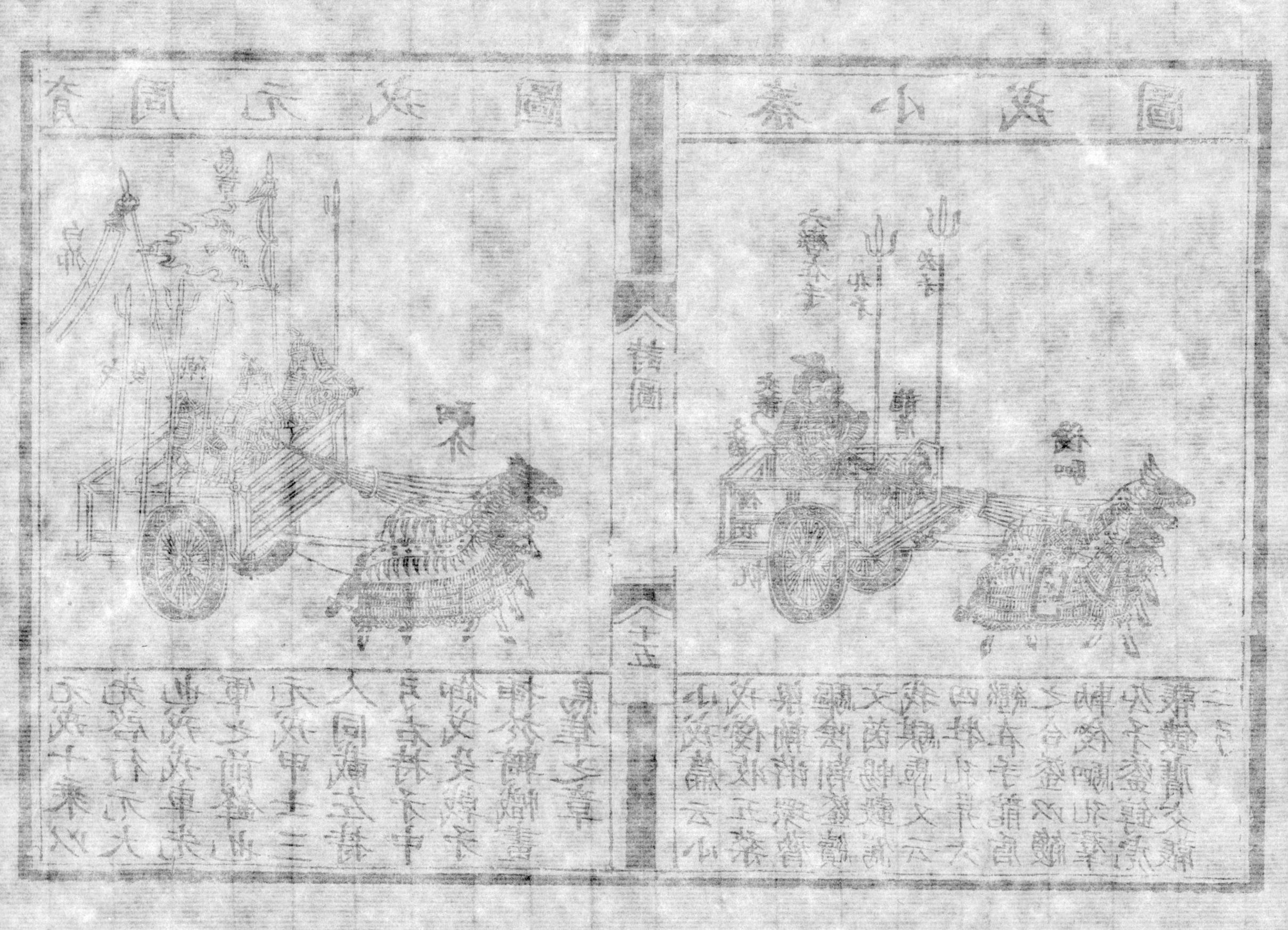

兵器服圖

甲

秦無衣

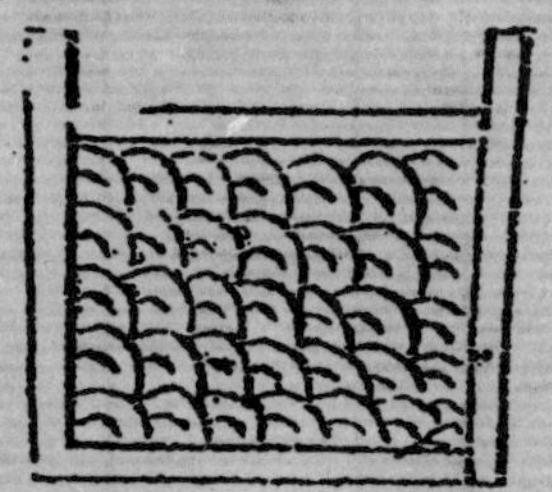

古者三甲以革為之犀甲壽百年兕甲壽二百年合甲壽三百年後世乃用金耳

干

公劉

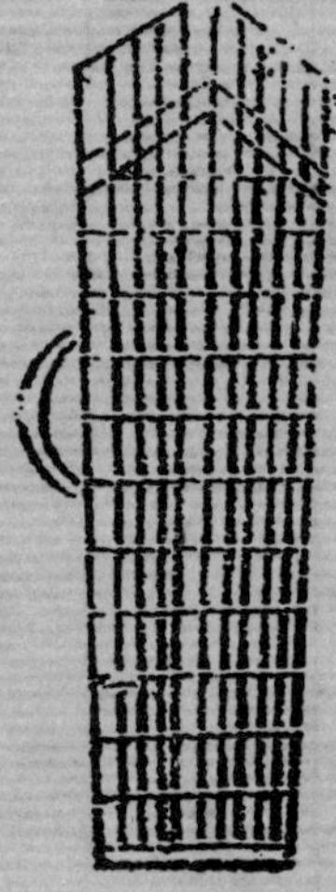

戈

胄

閟宮

說文曰胄兜鍪也兜鍪首鎧也

干楯也自關而東或謂之干或謂之楯關西謂之楯

戈柲長六尺有六寸戈主於刺

戚

公劉

戚揚[illegible]二者斧鉞之別名

揚

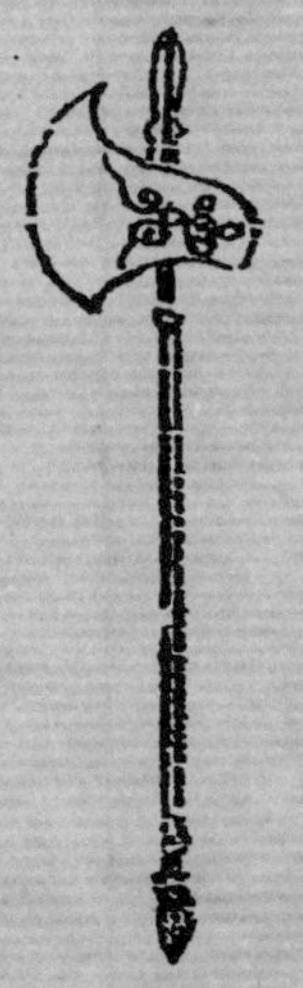

戚[illegible][illegible]斧揚為鉞鉞大斧小

殳

伯兮

殳即祋也長丈二而無刃

主於擊禮書作八觚形

矛

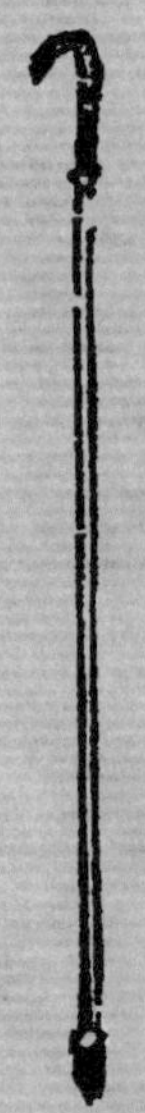

酋矛長二丈

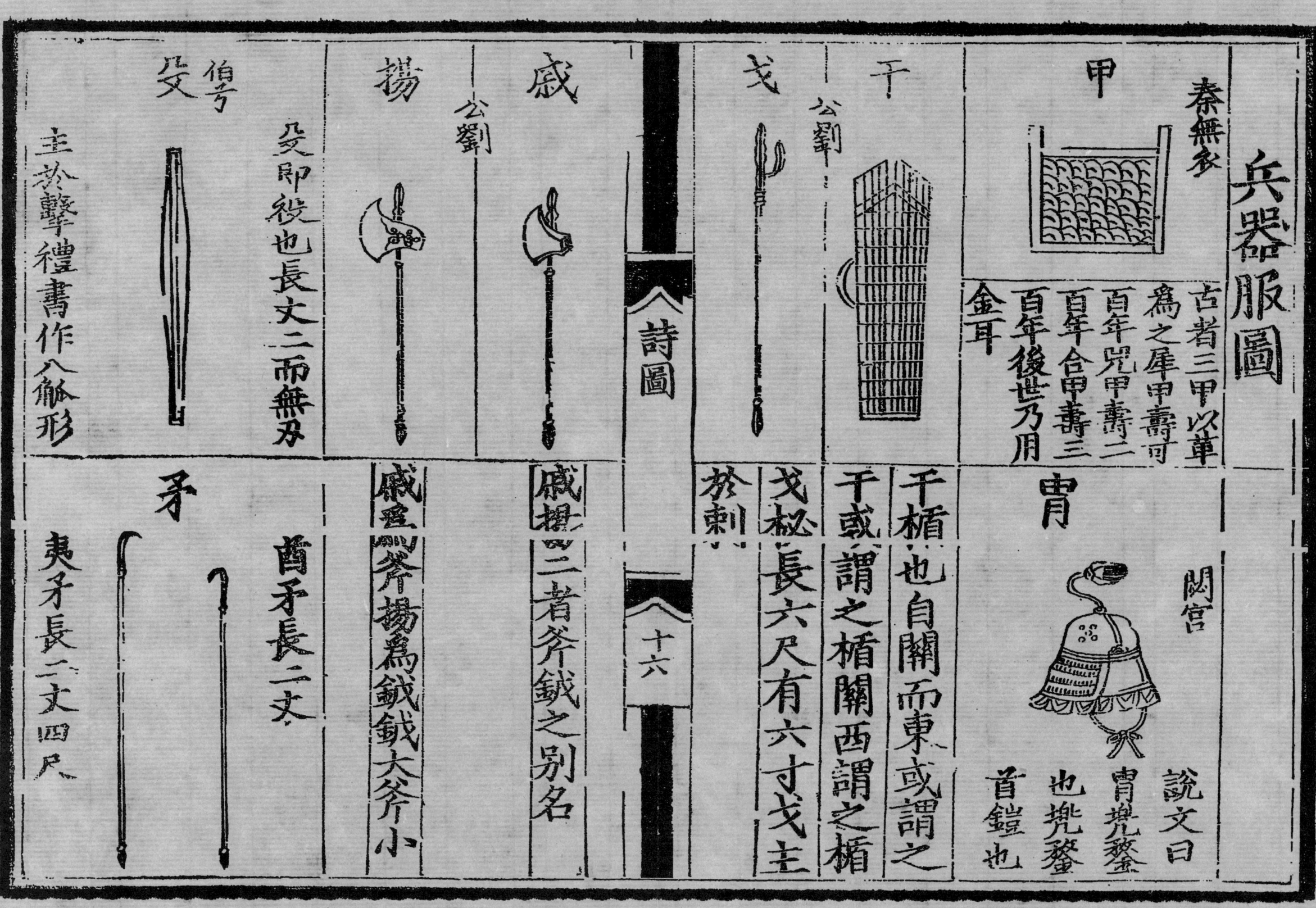

夷矛長二丈四尺

殳　[illegible]禮書作八觚

長丈二尺四寸

殳

殳即杖也長丈二而無刃

鉞

戚

矛

夷矛長二丈四尺

酋矛長二丈

鉞 [illegible]

戚 [illegible]

戈

干

[illegible]

戈 長六尺六寸 [illegible]

干 盾也 [illegible]

甲

金甲 [illegible]

胄

胄 兜鍪也 [illegible]

兵器服圖

弓 小戎

敦弓天子之弓彤弓諸侯之弓弓長六尺六寸謂之上制六尺三寸謂之中制六尺謂之下制取幹角以膠漆筋絲爲之

矢

說文弓弩矢也象鏑括羽之形

釋名云矢指也有所指而迅疾

虎韔 車攻

虎韔以虎皮爲弓室也交

韔二弓交二弓於韔中也

魚服

服盛矢器魚獸名其

背皮斑文可爲矢服

旟 出車

鳥隼曰旟

旐

龜蛇爲旐

曲禮所謂前朱雀而後玄武也

侯 猗嗟

侯張布而射之者也侯中之的曰正大射則張皮侯而設鵠賓射則張布侯而設正

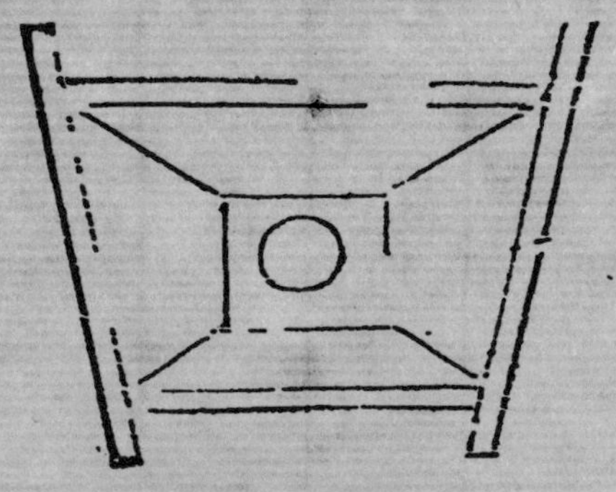

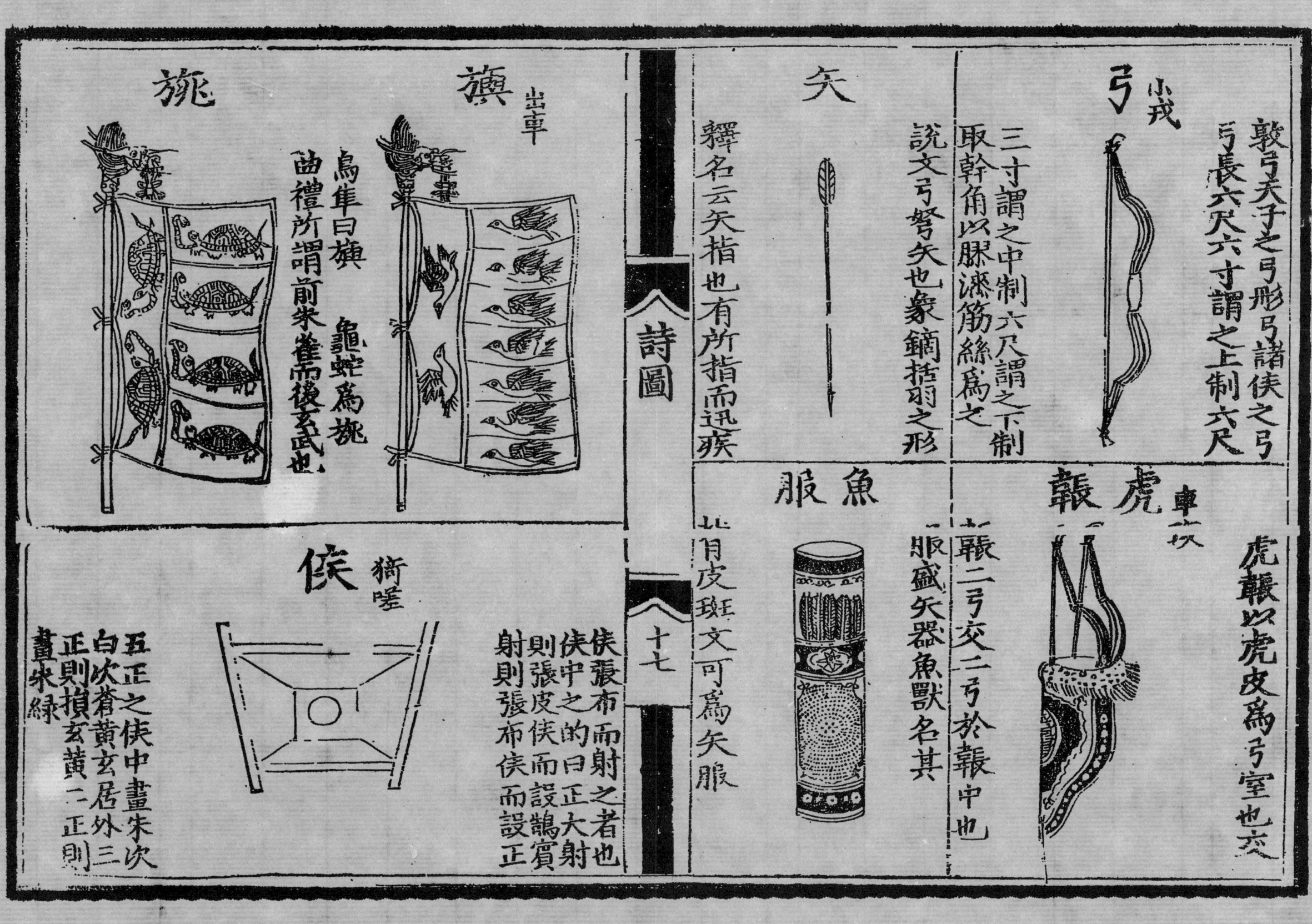

五正之侯中畫朱次白次蒼黃玄居外三正則損玄黃二正則畫朱綠

旂

出車

交龍爲旂所謂左青龍也

旄

干旄

旄以牛尾注於旗干之首

旌

干旄

旌析翟羽設於旗干之首

決

車攻

決著於右手大指所以鉤弦開體

拾

車攻

拾以皮爲之著於左臂以遂弦

鞞

瞻彼洛矣

鞞琫有珌鞞容刀之鞞今刀鞘也琫上飾珌下飾戎服也

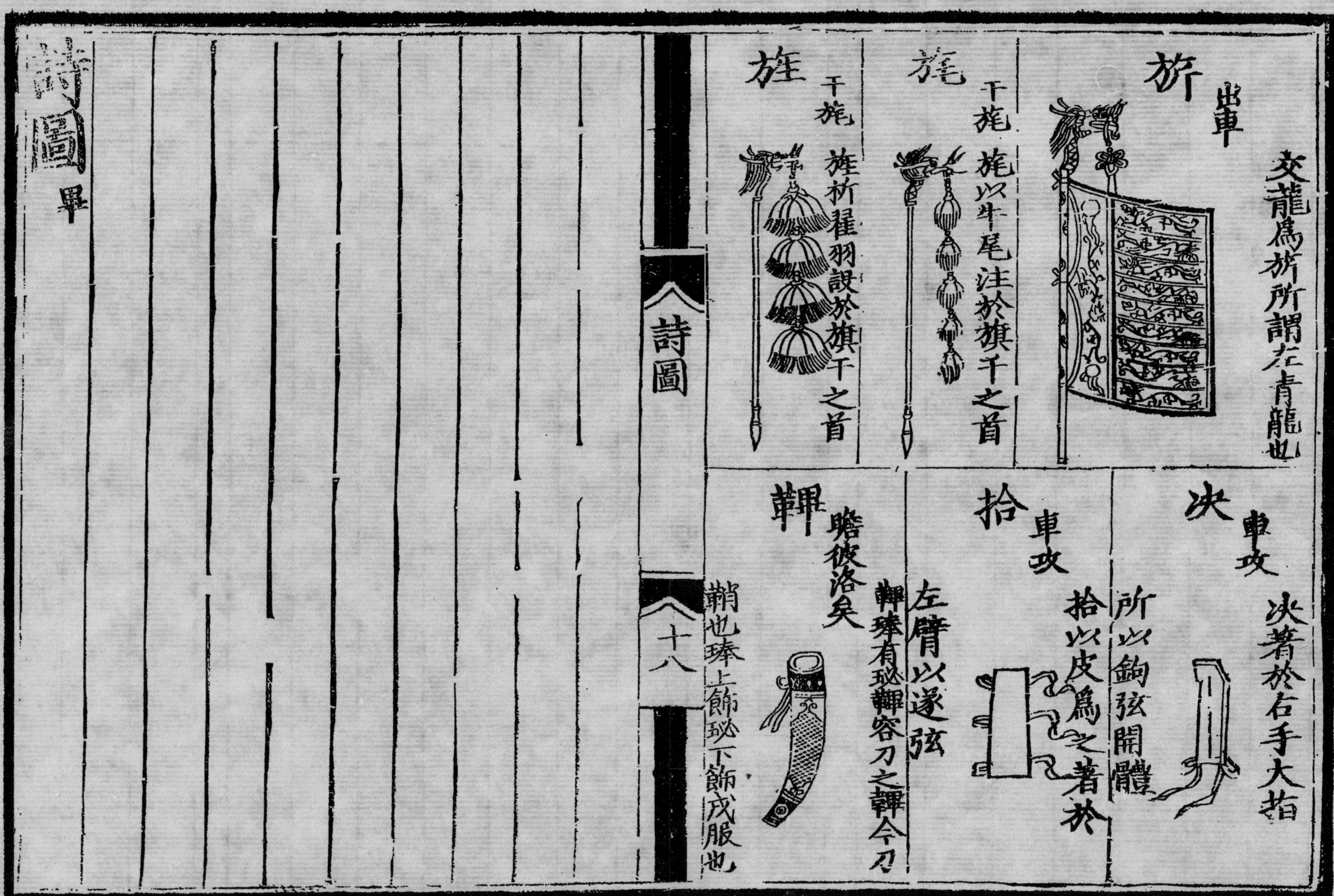

詩圖畢

旂 車

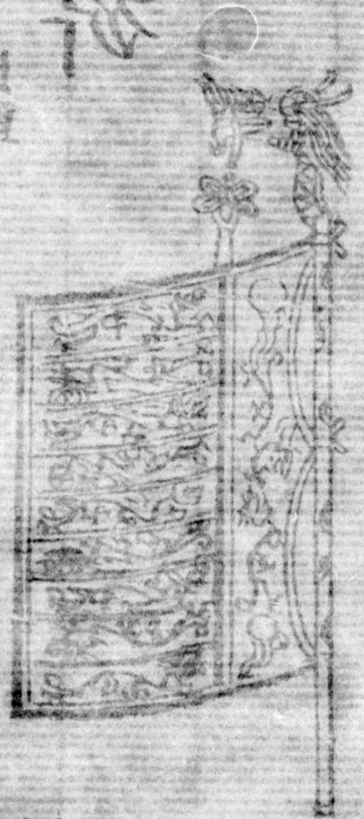

交龍為旂[illegible]

旄 干旄

旄以[illegible]牛尾注旗干之首

旌 干旌

旌析羽[illegible]注旄於旗干之首

圖

次 車文

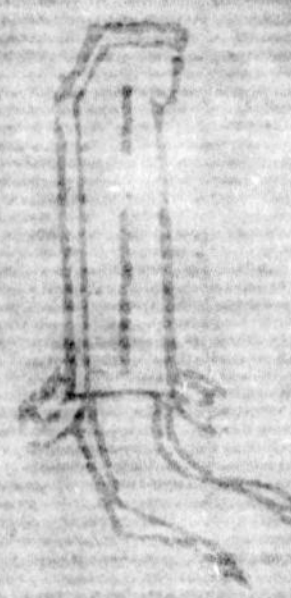

次[illegible]

輅 車文

輅以[illegible]

鞞

鞞[illegible]

[illegible]十人

[illegible]圖 甲